生徒会の四散
あたしの将来の夢?
その……あ、あたしな、
その……こ、子供の
頃の話だから……
なっ!う……そ、
その……お……
お嫁さんに……。
…………。……うあ。
……ち、ちがうんだっ!
あの、その、こ、子供の
頃の
男を
前の
ぜ、
お嫁さんなんか
ウ、ウェディングドレス?
う…………
…………。
……
……
…べ、
別に、フリ
フリした可
愛いやつなんて、
着たくなんか……。

春に彼女に出会えて良かった。
彼女に出会わなければ、俺は、前を向かなかった。
夏に彼女に出会えて良かった。
彼女に出会わなければ、俺は、腑抜けたままだった。

秋に彼女に出会えて良かった。
彼女に出会わなければ、俺は、人知れず潰れていた。
冬に彼女に出会えて良かった。
彼女に出会わなければ、俺は、強さを履き違えていた。

「さぁ、今こそ私の、
真の力を見せようではないか」

生徒会の四散

碧陽学園生徒会議事録4

葵せきな

ファンタジア文庫

1508

口絵・本文イラスト　狗神煌

生徒会の四散

碧陽学園生徒会議事録 4

【隠蔽《いんぺい》されたプロローグ】

春に彼女《かのじょ》に出会《であ》えて良かった。彼女に出会わなければ、俺《おれ》は、前を向かなかった。

夏に彼女に出会えて良かった。彼女に出会わなければ、俺は、腑抜《ふぬ》けたままだった。

秋に彼女に出会えて良かった。彼女に出会わなければ、俺は、人知れず潰《つぶ》れていた。

冬に彼女に出会えて良かった。彼女に出会わなければ、俺は、強さを履《は》き違《ちが》えていた。

そして。

この学校に来て良かった。この学校に来なければ、俺は、相変わらずの愚者《ぐしゃ》だった。

恋《こい》も、愛も、友情も、希望も、力も、知恵《ちえ》も、慈《いつく》しみも。何ひとつ学べなかった。

今でも俺は、あまり善良《ぜんりょう》な人間じゃない。世界のどこかで苦しんでいる誰《だれ》かのために心を砕《くだ》き、そいつのために身を粉《こ》にして動いてやることは……できない。

だけど。

家族を、友達《ともだち》を、愛《いと》しい人達を……この学校を守るためなら、俺は、なんでもやれる。

俺は英雄《えいゆう》じゃない。だから、決して多くは守れない。

だけど、せめて俺の手の届《とど》く人の笑顔《えがお》ぐらい俺が守る。二度と失いたくないから。

不恰好《ぶかっこう》でいい。醜《みにく》くていい。泥臭《どろくさ》くていい。浅ましくていい。情けなくていい。

手段は選ばない。

そう。

手段は、選ばない。

【第一話～読書する生徒会～】

「先人の知恵《ちえ》を受け継《つ》いでこそ、明るい未来が拓《ひら》けるのよ！」

会長がいつものように小さな胸《むね》を張《は》ってなにかの本の受け売りを偉《えら》そうに語っていた。

初秋。色々あって休むどころではなかった夏休み（いつか語りたいものだ、あの苦労《くろう》話）が明けても、会長は何も変わっていなかった。身長は勿論《もちろん》、肌《はだ》も焼けてないし、ひと夏の甘酸《あまず》っぱい経験《けいけん》によって精神面《せいしんめん》が成長した様子も見られない（もっとも、そんなの見られたら、俺《おれ》は嫉妬《しっと》に狂《くる》うが）。

つまり、会長は今日《きょう》も順調に暴走《ぼうそう》中だ。

机《つくえ》の上にどっしりと、図書室からランダムに借りてきたであろう書籍《しょせき》が山を築いているため、もう、今日の議題が推《お》し量《はか》れる。

会長は、自信満々に、予想通りの発言。

「そんなわけで、今日は、皆《みんな》で本読もう－！　お－！」

『……お－』

　全員、ぐったりと手を上げる。会長は一人やたら元気だ。

「やっぱり、新しい活動のヒントって、本の中にこそあると思うのよ。インターネットはもう古い！　時代は、本なのよ！」

「なんか新しい発想ね」

　知弦《ちづる》さんが長い髪《かみ》を手で梳《す》きながら、少し感心したように呟《つぶや》く。会長は更《さら》に気をよくしたようだ。

「そうでしょう、そうでしょう！　読書＝インテリ！」

「どんだけ安直《あんちょく》な発想だよ……」

　深夏《みなつ》が、本の山を前にしてげんなりしていた。なるほど、運動少女でなおかつ勉強も出来る深夏だけど、やっぱり、興味《きょうみ》の持てない本は苦手《にがて》だったか。

　深夏の妹である真冬《まふゆ》ちゃんはしかし、姉と違《ちが》い読書好き人間のため、目をキラキラさせている。

「やっぱり、本は最高ですよね！」

「ああっ、真冬ちゃんは分かってくれると思ってたわ！」

「勿論《もちろん》ですよ、会長さん！……それで、ＢＬはどの辺にあるんです？」

「うちの図書室にそんなものは無いわよ！」

「えー……がっかりです。しょぼん。…………あ、ありましたよ」

「あったの⁉」

真冬ちゃんは山の下から耽美《たんび》な表紙の文庫《ぶんこ》を取り出すと、目をキラキラさせて、読書を開始してしまった。会長は、一人、「あるんだ……」と愕然《がくぜん》としていた。

さて、俺も何か本を読まないといけないようだ。正直、活字はあまり得意《とくい》じゃない。最近は執筆《しっぴつ》も多いから、余計に苦手《にがて》意識《いしき》が助長され気味だ。

本の山を、やる気なく、ダラダラと漁《あさ》る。

「官能小説《かんのうしょうせつ》、ラブコメ、エロコメ、っと……」

……しばらく俺の趣味《しゅみ》に合う本を探していたが、全く見つからない。

疲《つか》れて嘆息《たんそく》していると、知弦さんが、読書していない俺に気がついた。

「ほら、キー君もテキトーに何か読んだら？」

気付けば、俺以外の皆は既《すで》に読書を始めていた。……うぅ、会話がない生徒会室ってのもなぁ。地味すぎる。これじゃ、好感度なんか絶対上がらん！

俺は、本を手に取らず、「と、ところで」と喋《しゃべ》り出す。

「会長は何読んでいるんですか？」

「ん？　えへへ、よくぞ聞いてくれました！　大人《おとな》な私《わたし》は、これよ！」

そう叫《さけ》び、でで-んと表紙を俺に向けてくる会長。

「……あかずきん？」

めっちゃ、絵本でした。

俺がジトーッとした目で見ていると、会長はなぜか偉そうに、「ちっちっちー」と指を振《ふ》る。

「お子ちゃまだなぁ、杉崎《すぎさき》は。大人になると、一周回って、やっぱり絵本に帰ってくるんだよ！　そういうもんなんだよ、大人って！」

「……そうですか」

「な、なによ、その憐《あわ》れなものを見る目は！」

「いえ……。……本当に一周回ったんですよね？」

「と、当然じゃない！　数々の難《むずか》しい本を読みつくしてからの、原点回帰《かいき》よ！」

「ちなみに、これまで読んできた難しい本っていうのは？」

「えと……『うさぎとかめ』に始まり、徐々《じょじょ》にレベルが上がっていって、最近じゃとっても難解《なんかい》とされる本……『白雪姫《しらゆきひめ》』まで行ってしまったんだけど、最後の最後には、やっぱり、『あかずきん』を選ぶ私！　一周回って、大人ねー」

「凄《すご》いちっちゃな所で周回りましたね！　かつてない小回りだ！」

「あかずきんは、深いよー。皆分かってないと思うけど、よぉく検証《けんしょう》すると、あかずきんとおばあちゃんの間には、血縁《けつえん》関係があることが分かってくるんだよ」

「浅い！　その程度のところをまだ考察中なんだ！」

「そして、おおかみさんは、悪いヤツ！」

「とことん浅いですね、なんか！　深く読めばいいってものでもないでしょうけど……」

「今日は、『おおかみとおばあちゃんの関係性』について、考えてみようと思うの」

「加害者と被害者《ひがいしゃ》だと思います」

「杉崎、五月蠅《うるさ》い。読書の邪魔《じゃま》。まったく……」

ぶつぶつ言いながら、会長は再び読書に没頭《ぼっとう》し始めてしまった。

…………。

……うぅ、暇《ひま》だなぁ。誰か俺に構ってくれ。ハーレムの主を、楽しませてくれ。

しかし、会長はもう「あかずきん」の世界にどっぷりだ。あんな、子供みたいな容姿《ようし》の女の子が、絵本に夢中《むちゅう》になっているのを、誰が邪魔できよう。

俺は周囲を見渡《みわた》し……とりあえず、話しかけ易《やす》い深夏に声をかけた。

「深夏、深夏。……深夏は、何読んでるんだ？」

「ん？　ああ、あたしは『ダイの大〇険』だぜ」

「漫画《まんが》かよ！」

「会長さんからして絵木なんだから、別にいいじゃねえか」

「く……それはそうかもしれんが……」

「ジャン○コミックは人類《じんるい》の宝《たから》だな。ダイもいいが、ポップが最高に熱いんだ！」

「そ、そうか」

「お前も漫画読めばいいじゃねーか」

「漫画ねぇ」

俺も漫画は嫌《きら》いじゃないが、所詮《しょせん》は図書室にあったもの。やはり一世代前の漫画ばかりで、興味《きょうみ》あるものは既《すで》に読んでしまっているし、興味無いものけ、そもそも食指が動かないしで、やっぱり微妙《びみょう》だった。

深夏と雑談を続けることにする。

「深夏は、熱血《ねっけつ》なもの以外は読まないのか？」

「別にそうでもねーけど……。デス○ートとかも、読んだぞ」

「ありゃ意外」

「うん、沢山《たくさん》犯罪者《はんざいしゃ》の名前書いてあるだけだったしな、あのノート」

「ホンモノ読んだのかよ！　漫画じゃなくて！」

「あれ以降、たまに変な空飛ぶ生物見えて、ちょっと大変だわ」

「死神《しにがみ》見えてるのかよ！」

「他人《たにん》の寿命《じゅみょう》も見える」

「目の取引《とりひき》までしたのかよっ！　っていうかなんのためにっ！」

「ちなみに、鍵《けん》は五十五歳《さい》で死ぬ」

「リアクションとりづらっ！　そこは、『明日《あす》死ぬぞ』とかでいいじゃないかよ！　リアルだよ、なんかっ！　微妙に短命なのが、特にイヤだよ！」

「他《ほか》の熱血じゃない漫画というと……そうだな。ハチクロとか読んだぞ」

「おお、そりゃまた、似合《にあ》わな――」

「『八人殺しの、黒岩《くろいわ》さん』」

「略《りゃく》してハチクロ!?」

「あれは、熱血じゃなかったな、うん」

「でしょうねぇ！」

「でも、黒岩さんの最後のセリフ、『タバコ、一本いいか？』は、グッときたな」

「なんかハードボイルドな終わり方したんだなっ！」

「そうそう、少女漫画で言えば、ナナも読んだな」

「ナナ？　ああ、NA◯A——」

『七人殺しの、ちーちゃん』」

「絶対同作者だよなぁ、それ！」

「世界観繋《つな》がってるんだぞ」

「既に計十五人の犠牲者《ぎせいしゃ》！」

「ちーちゃんの最後のセリフ……『チュッパチャ◯プス、一本いいか？』は、グッときたな」

「それ、本当にグッと来るの⁉」

「他に熱血じゃねーものっていうと……」

「殺人鬼《さつじんき》モノも省《はぶ》いてくれ……」

「ああ、あれ読んだぞ。あれ。『おお振《ふ》り』」

「ああ、それはなんとなく深夏らしいけど……。あれ？　あれは割と熱血じゃ——」

「『おおきな殺人鬼が斧《おの》を振りかぶって……』」

「だから殺人鬼モノはやめろよ！　なんか歪《ゆが》んでいるよ、お前！」

「あれは怖《こわ》かった。すげぇ怖かった。まさか、黒岩さんがあんな風になって帰ってくるとはな……」

「また世界観繋がっている⁉」

「あの作者の才能は、恐《おそ》ろしいものがあるな」

「……ああ、確かに、恐ろしい才能のようだな……」

俺はげんなりしながら、注文をつけ加える。

「もう、その作者の作品以外で、熱血じゃないものにしてくれ……」

「んー？　そうなると……ああ、『ハガレン』」

「へ？　あれも、若干《じやっかん》熱血っていうか、少年漫画じゃ――」

「『ハガキで連続殺人』」

「なにその漫画！　すげぇ斬新《ざんしん》な切り口なんだがっ！」

「ちーちゃんが七人殺している同時《どうじ》間軸《かんじく》、別の場所で、あんなことがあったとはな。違《ちが》う作者さんだからテイストこそ違うが、興味深かったわ」

「シェアワールド⁉　その異様《いよう》な世界観、恐ろしいことにシェアしてんの⁉」

「ああ、色んな作者さんが、好き勝手やってるぞ」

「その世界、もうかなりの犯罪犠牲者《ぎせいしゃ》が出てるな！」

「鍵も書いてみるか？　小説でも展開《てんかい》しているみたいだぞ」

「え、遠慮《えんりょ》しておくわ……。何か、大切なものを失う予感がするから」

「そっか。じゃ、あたしは読書続けるな」

「ああ……そうしてくれ」

これ以上、深夏と雑談を続けるのは断念した。……俺の精神衛生《せいしんえいせい》上。

こうなったら、他の人に話しかけよう。

「真冬ちゃ——」

「はい？　なんですか、杉崎先輩《せんぱい》」

BLから顔を上げる彼女《かのじょ》。

「——んは、読書を継続《けいぞく》して下さい。まる」

「会話終わった⁉　真冬のターン、一際《ひときわ》早く終わりましたよねぇ⁉」

俺は汗《あせ》をダラダラ掻《か》きながら、知弦さんの方を向く。

「さってと、知弦さんは何を読んでいるのかなー？」

「ちょっと先輩！　真冬を無視《むし》しないで下さい！」

「……真冬ちゃんの、読書の邪魔はしたくなくてね」

「そんな気遣《きづか》う人じゃないでしょう、先輩！　ほら、真冬の好感度あげるために、話しかけましょうよ！」

「…………。…………。…………。…………。」

……………。……真冬ちゃんは、何読んで……いるの？」

「なんか今心の中で凄《すご》い葛藤《かっとう》ありましたよねえ!?」

「大丈夫《だいじょうぶ》。真冬ちゃんを攻略《こうりゃく》するためなら……俺は……俺はっ！」

「そんな壮絶《そうぜつ》な覚悟《かくご》の末に話しかけたりしてほしくないです！　真冬は、先輩に普通《ふつう》の対応を要求します！」

「普通、ね。…………。真冬ちゃん、今日も空が綺麗《きれい》だねっ！」

「爽《さわ》やかっ！　確かに普通ですけど、先輩がやると、普通じゃないですよ！」

「俺の普通？　じゃあ……真冬ちゃん、今日の下着の色は？」

「ああっ、凄く『らしい』です！　らしいけど、その話題はイヤです！」

「わ、ワガママな……。ふぅ。仕方ない。じゃあ、腹《はら》を括《くく》って……真冬ちゃんは、普段《ふだん》、どんな本読むの？」

「はい、ＢＬです！」

「俺だけじゃなく真冬ちゃんも色々反省すべきだと思うんだ！」

「真冬には、なにもやましいことなどないです！」

俺と真冬ちゃんは、いつの間にか立ち上がって口論していた。知弦さんが、ぽつりと、

「なにげにお似合《にあ》いの組み合わせよね……最近」と、ちょっと恐ろしいことを呟《つぶや》いている。

冗談《じょうだん》じゃない。こういう方向性で、真冬ちゃんに「俺にお似合いの女」になってほしいなど、誰が願うものかっ！

「そもそも、男嫌《ぎら》いなのに、なんでこんな男臭《だんしゅう》ムンムンのジャンルにハマるんだよ！」

「前も言ったじゃないですかっ！　お姉ちゃんとは別のアプローチで、真冬なりに、男の人の生態を知ろうと頑張《がんば》っているのです！」

「姉妹揃《しまいそろ》って努力の方向性が歪《ゆが》んでいるんだよ！　熱血漫画やBL読んでも、現実の男のことは一割も分からないと思うよ！」

「ギャルゲで女の子を学ぶ先輩に言われたくないです！」

「く……痛いところをっ！　しかし、それでもギャルゲにおける恋愛《れんあい》は、まだノーマルだろう！　男と女で愛し合っている！　一般《いっぱん》には、こっちの方が近い！」

「ふみゅっ！……うぅ、で、でも、恋愛に性別は関係ないと思います！　そういう狭《せま》い視《し》野《や》は、いけないと思います！」

「び、微妙《びみょう》に正論を……。ああ、別に、同性愛を否定《ひてい》はしないさ！　しかし、その価値観《かちかん》を人に押《お》し付けるのはいただけない！」

「そ、それもまた先輩《せんぱい》に言われたくないですが……いいでしょう。真冬も、もう大人《おとな》です。譲歩《じょうほ》しましょう。……今後は、それとなく先輩をこっちの道に誘導《ゆうどう》します！」

「余計に怖《こわ》いわっ！」

二人《ふたり》、ぜぇぜぇと息を吐《は》く。真冬ちゃんとここまで言い争うことになるとは……ちょっと前までは思いもしなかったな。思えば、ここ最近で一番関係性が変化しているのは、真冬ちゃんとかもしれない。……悪い方向すぎるが。

深夏が、「お、落ち着けよ、真冬」と妹を宥《なだ》めている。

「ま、真冬。お前ホント、変だぞ最近。ゲームにしろBLにしろ、趣味《しゅみ》がマニアックなのは今に始まったことじゃねーけど……。なんつーか、そういうの、今までは自分の中だけで完結させてる感じだったろう」

深夏の指摘《してき》に、真冬ちゃんが「？」と首を傾《かし》げる。そうして、視線を宙《ちゅう》に彷徨《さまよ》わせ、自分を省《かえり》みるようにしばし思案し……。

「……あれ？」

と、もう一度首を逆側に傾《かし》げて、すとんと、自分の席《せき》に腰《こし》を下ろした。

「そうだね……。あれれ？　真冬、どうして杉崎先輩と喧嘩《けんか》してるんですか？」

「いや、俺に訊《き》かれても……」

「でも先輩。ＢＬは、先輩も好きになってくれると嬉《うれ》しいです」

「ちょっと無理そうなんだが……」

「そうですか。……なぜか、ちょっと寂《さび》しいです」

「そ、そう」

　真冬ちゃんは、自分でも自分のことがよく分かってないようだった。確かに……よく考えれば、真冬ちゃんは「変わった」というより、内面を表にたくさん出すようになった気がする。特に、俺《おれ》相手に。……これは、好ましい変化と見ていいのだろうか。

　とにもかくにも、真冬ちゃんの相手は一段落《いちだんらく》したので、ホッとしつつ、次の話題に……知弦さんの読書に話を向ける。

「知弦さんは、一体何を読んで――」

　そこまで言いかけたところで、彼女《かのじょ》が開いている本の背表紙が視界《しかい》に入る。

《目障《めざわ》りなアイツを速《すみ》やかに消す、十の手段》

「すいませんでした」

「？　なに土下座《どげざ》してるの？　キー君」

俺《おれ》は脊髄反射《せきずいはんしゃ》で床《ゆか》に頭をこすりつけていた。

あくまで冷静な知弦さんに、俺は、頭を上げないまま、冷《ひ》や汗《あせ》をかきながら返す。

「お、俺の行動がそこまでストレスを与《あた》えているとは、想像だにせず……」

「？……ああ、なるほど、この本のことね。やーねー、キー君。これは別に、キー君をどうこうしようっていうことじゃないのよ？」

「そ、そうなんですか？」

ホッとして、頭を上げる。知弦さんは、とても慈愛《じあい》に満ちた微笑《びしょう》を浮《う》かべていた。

「キー君は、速やかになんか、消さないわよ」


「助けて下さい」

気付けば頭をゴリゴリと思いっきり床にこすりつけて、命乞《いのちご》いをしていた。

知弦さんは、相変わらず温《あたた》かい声のまま、返してくる。

「冗談《じょうだん》よ冗談。キー君のこと、私《わたし》は、大好きよ？　酷《ひど》いことなんて、しないわよ」

「そ……そうですよねっ！　ああ、良かった。まあ、よく考えればこんなの——」

安心して顔を上げたところで……知弦さんは、またも、ニコォと笑った。

「苦痛《くつう》の果てに辿《たど》り着く快楽《かいらく》っていうのを、たっぷりと味わわせてあげるからね」

「せめて遺書《いしょ》だけ書かせて下さい」

俺はもう、諦《あきら》めた。泣きながらペンを取り、床で妹への遺書を記し始める。

「『林檎《りんご》へ。お前がこの手紙を読んでいるということは、お兄ちゃんは、きっと、それは惨《むご》い死に方をして、既《すで》にこの世にはいないのだろう』」

「キー君の遺書には大変興味《きょうみ》があるけど、そろそろ席に戻《もど》りなさい。冗談よ、冗談」

「でも、実際、そんな物騒《ぶっそう》な本読んで……」

俺は席に着きながら、改めて質問しなおした。知弦さんは面倒《めんどう》そうに嘆息《たんそく》する。

「こんな本が図書室にあるのはどうかと思って、内容検閲《けんえつ》していただけよ」

「あ、そうなんですか。よかった……」

「実際中身は、ギャグタッチなものだったわ。問題ないわね」

「そりゃそうですよね。そんな物騒な本が、そうそうあるはず――」

「あら、私は『ナンパ男をこらしめる方法～死者続出編～』とか、『浮気《うわき》男の悲惨《ひさん》な末路《まつろ》2』とか、持っているけど？」

「遺書、続き書いておきます」

俺は机《つくえ》の上に遺書を広げると、泣きながら続きを書いた。涙《なみだ》で、時折《ときおり》字が滲《にじ》む。

知弦さんは、本の山から次の本を探し始めていた。

「他に気になるのはっと……。……『絶対成就《じょうじゅ》！　恋占《こいうらな》い大百科』……ね」

「知弦さん、恋占い、興味あるんですか？　そういえば、以前ラジオやった時もそんなコーナーやってましたし」

「そうね。非科学的なものを妄信《もうしん》するわけじゃないけど、好きよ、こういうの」

「じゃあ折角《せっかく》ですし、俺との相性《あいしょう》でも占ってみますか？」

「ええ、いいわよ」

知弦さんはそう言って、本をパラパラとめくる。中身をしばしチェックしたのち、「これなんかいいわね」と顔を上げた。

「じゃあキー君。教えてほしいのだけど……」

「誕生日《たんじょうび》とか血液型《けつえきがた》とかですよね？　まず誕生日は――」

「貴方《あなた》が今までに殺してきた蚊《か》の数を申告《しんこく》して」

「そんなの覚《おぼ》えてませんよ！」

「冷たい人ね……自分の殺したもののことなんて、覚えてもいないのね。でも殺された蚊の家族の心の傷《きず》は、未《いま》だに癒《い》えていないのでしょうね」

「なんでそんなこと言うんですかっ！　すっごい気分悪いですよっ！」

「さて、そんな殺した蚊の数も覚えていない冷血漢《れいけつかん》な貴方と、殺した数が六億匹《おくひき》の私との相性は……と」

「最早《もはや》蚊の世界では大魔王《だいまおう》クラスの存在ですねっ！」

「あらびっくり！　当たってるわ！」

「え？　マジですか？」

「ええ。《『そんなの覚えてませんよ！』的なやりとりで、ひと悶着《もんちゃく》あるでしょう》ですって！　どんぴしゃね！」

「そりゃそうでしょうねぇ！」

「不満のようね。……仕方ない。他の占いにしましょうか。……キー君、左手を前に出して。掌《てのひら》をこっちに向けて」

　俺は言われた通り、知弦さんに向かって左手を突《つ》き出した。

「じゃあ次に、右手で、左手の指のうちの『ここぞ』と思う指を、思いっきり握《にぎ》って」

「？　心理テストっぽいですね。じゃあ……中指を」

俺《おれ》は中指をぎゅっと握る。知弦さんはそれに満足すると、次の指令を出してきた。

「今よ！　右手で、中指を思いっきり手前に引っ張るのよ！」

「ラジャー！　いっくぞぉ——————…………って、折れるわ！」

「いいのよ、それで。なんせこれは、『指の骨折れる音占い』だもの。カモンカモン」

「聞き耳立てないで下さい！　折りませんよ！」

「こんなジョークも分からないなんて……小物ねぇ、キー君」

「ぐ……」

「仕方ないわね。次は、ハードルの低い占いにしましょう」

「……占いに、ハードルとかあることに、びっくりです」

「そうね……これなんてどうかしら。『ピラニア占い』」

「却下《きゃっか》ですよ！　それ、絶対ハードル高いでしょう！　もっとまともなタイトルのやつを選んで下さい！」

「遊び心の無い男の子ねえ。……しょうがない。『キス占い』なんてどうかしら」

「なんですか、そのドキドキワクワクな占いは！」

「ええとね。『気になる相手に、無理矢理でいいのでキスしてみて、盛り上がるようだったら、キミ達《たち》は両思いだ！』ですって」

「最早《もはや》占いじゃねえ！　直接行動に出てますよねぇ、それ！　リスク大きすぎ！」

「『同棲《どうせい》占い』なんてのもあるわよ。『結婚《けっこん》前には、同棲をオススメします』ですって」

「これ、占いの本なんですよねぇ!?　ただの恋愛《れんあい》指南書《なんしょ》になってますけど!?」

「『めざまし占い』。これはお手軽よ。『朝の国民的ニュース番組で、運勢をチェックするだけ』」

「最早他者頼《だの》み!?」

「『動物占い』。『動物占いの本を買って、調べる』」

「この本の存在意義って何!?」

「ふぅ……さすがに私《わたし》も、そろそろ疲《つか》れてきたわ。最後に一つハードルの低い占いやって、終わりましょうか」

「そうですね。それがいいと思います」

「じゃあ……これやりましょう。『握手《あくしゅ》占い』」

「あ、確かにハードル低そうですね。……罠《わな》とかじゃないですよね？」

「安心して。恐《おそ》らく想像通りの内容よ。とりあえず、ただ、私と握手《あくしゅ》するだけでいいわ」

そう言って、知弦さんは机の上にその白魚《しらうお》のように綺麗《きれい》な手を差し出してくる。

………。……あ、改めて考えると、握手も、なんか緊張《きんちょう》するな。そ、想像の中じゃ、もっとエロエロなことしまくりな俺だというのに！

「キー君？」

「あ、はいっ、すいませんっ、失礼します！」

なぜかテンパって、ズボンでゴシゴシと手を拭《ぬぐ》ってから、右手を差し出し……知弦さんの手を、握《にぎ》る。……昔《むかし》、抱《だ》きしめられたこともあったのに、なんか凄《すご》く緊張した。知弦さんの手のすべすべとした感触《かんしょく》がまた、嬉《うれ》しいと同時に俺を舞《ま》い上がらせる。

知弦さんはしかし、余裕《よゆう》のある笑《え》みを浮《う》かべてニコニコと俺を見ていた。

ふと気付くと、生徒会室中から視線を感じる。周囲を見渡《みわた》すと、会長と椎名《しいな》姉妹がさっと視線を伏《ふ》せ、何も無かったかのように読書を続ける。……な、なんなんだ。

「キー君、どうしたの？　顔が強張《こわば》っているわよ？　ちょっと赤いし」

「い、いえ、なんでも……。……あの、知弦さん？」

「ん？」

ニコニコと知弦さん。な、なんか上機嫌《じょうきげん》だな……。

「これ、その、いつまで続けるんですか？」

「さあ」

「さあって」

「それもまた、占いの項目《こうもく》なの。放したいなら、放していいわよ？」

「こ、こんな幸福を自ら手放せる男が、この世にいるとでも？」

「うふふ。じゃあ、続けましょう」

「え、ええ」

そのまま、数十秒、妙《みょう》な沈黙《ちんもく》が流れる。皆《みんな》読書している中、俺は、心臓《しんぞう》をバクバクさせながら、知弦さんの手を握る。知弦さんはと言えば、相変わらず余裕のまま俺の手を握っていた。時折、悪戯《いたずら》するように握る力を強弱してくる。俺はなんだかとてもドギマギしながらも、それに対し、同じように強弱して、返したりする。……恋人《こいびと》同士の、秘密のサインみたいな気がしてきた。

「こ、こほん！」

「!?」

　しばらくそんなことをしていると、唐突《とうとつ》に、会長が読書しながら咳払《せきばら》いをした。一瞬《いっしゅん》だけちらりと俺を見て、すぐに絵本に視線を落とす。う、うぅ？　なんか、トゲトゲしい咳払いだったなぁ。

　それでも、この占いがなんだか分からない以上、自分から放すなんてありえない。

〈カツン、カツン〉

　いくら、隣《となり》から深夏に、妙に攻撃《こうげき》的に椅子《いす》を小突《こづ》かれようとも。

〈ジー……〉

　BL大好きな真冬ちゃんが、そのBLから視線をはずし、さも本を読むようにしながらも、こちらを射《い》るように見つめてようとも。

「キー君、体温上がってきてるわよ？」

「っ！　そ、そんなことはっ！　こ、このハーレム王たる男が、こ、こ、こんな、手を握る程度で、照れるはずなんて、あ、あ、あるわけないでしょう」

「そう？　ならいいけど」

　……知弦さんは、一向に、自分から手を放す素振《そぶ》りは見せない。

　俺は、幸福と焦燥《しょうそう》と緊張が入り混《ま》じった、甘美《かんび》なのかなんなのかも分からない時間をじりじりと過ごし続ける。また、読書企《き》画《かく》がいけなかった。静かすぎる。時計の秒針《びょうしん》の音まで聴《き》こえる。……なんだこれ。い、今、俺、なにしてんだっけ？　う、占い、だよな。これ、占い、だったよな？　ああ、そんなことより、知弦さんの手は気持ちいいなぁ。こんなすべすべしたものが、俺と同じ人間の肌《はだ》とは思えない。この素材で、抱《だ》き枕《まくら》を作りたい。ああ、ホント、幸せ――

「も、もう、邪魔《じゃま》！　ほら、本取れないでしょ！」

「あ」

そんな幸せは、会長の強引《ごういん》な介入《かいにゅう》により、唐突《とうとつ》に失われてしまった。俺と知弦さんの握手を、ぐいっと引き離《はな》し、そして、思い出したようにテキトーな本を取る会長。

俺は失ってしまった幸福にしばし呆然《ぼうぜん》とし、そして、ハッとして知弦さんを見た。

「えと、あの、今のって、占いの結果はどう……」

訊《たず》ねると、知弦さんは、なぜかとても満足そうに微笑《ほほえ》んでいた。

「ええ、考えうる限り、最高の結果だったわ」

「そ、そうなんですか？　それで、具体的にはどういう……」

「《最初に割って入ってきた人は、とてもヤキモチ焼きです》」

「私《わたし》が試《ため》されてたの⁉」

会長が絵本を落としてしまっていた。俺も戸《と》惑《まど》う中、知弦さんはクスクスと笑う。

「なんにせよ、楽しませて貰《もら》ったわ」

「ちょ、知弦さん！……心理テスト的なものだったとしても、本当はそんな結論じゃなかったんじゃないですか？」

「あら、鋭《するど》いわね、キー君。でも、真相は私のみぞ知るということで」

「いやいや、俺の占いでもあるでしょう、今の！」

「いいじゃない。一つだけ言えることは……キー君は、やっぱり私の思った通りの、いい子だったということね」

「くっ……ま、まあ、知弦さんの中で好感度が上がったのなら、よしとしておきましょう」

「そうしておきなさい」

まあ、知弦さんも機《き》嫌《げん》良さそうだし、いいか……。

それに、今はもっと気になることもある。

「それにしても会長ぉ」

「うっ」

俺の下卑《げび》た笑いに、会長はびくんと身を強張《こわば》らせた。今更《いまさら》ながらに絵本を持ち直して、顔を隠《かく》す。しかし、俺は糾弾《きゅうだん》をやめなかった。

「俺と知弦さんにヤキモチ焼いて妨害《ぼうがい》してくるなんて……これはいよいよ俺にオチてると見ていいですか？　いいですよね？」

「な、な、なに言ってるんだか。ほ、ほ、本が取りたかっただけだもん」

「それなら、別に手を放させる必要はなかったと思いますけど」

「せ、生徒会室でふしだらな行為《こうい》が行われていたから、ついでに、妨害しただけよ」

「握手《あくしゅ》するのが、ふしだらなんですか？」

「そ……そうよ！　恋人《こいびと》でもない男女が、長時間手を握《にぎ》るのは、ふしだらっ！　み、見てるこっちが恥《は》ずかしかったの！」

「ふぅん」

「………うぅ」

「ま、いいですけど」

あんまり追い詰《つ》めすぎるのはやめておいた。会長は、ホッと胸《むね》を撫《な》で下ろしている。

これ以上やると、逆に意固地《いこじ》になっちゃうだろうし。なにより、「見てる側《がわ》が恥ずかしかった」というのも、事実だろう。この俺でさえ恥ずかしかったんだから。

むしろ、会長で良かったかもしれない。痺《しび》れを切らしたのが椎名姉妹だったら、どちらにしろ、もっと大きなアクションで妨害してきただろう。少なくとも俺の怪《け》我《が》は免《まぬが》れなかった気がする。

「それより、杉崎、ちゃんと読書しなさいっ」

「はいはい」

会長に注意され、確かにそろそろ真面目《まじめ》にやらんとなと、考え直す。

知弦さんもすっかり新しい本を読み始めてしまっているし、椎名姉妹は「最初からずっと読書してましたよー」と言わんばかりに、しれっと本を読んでいる。会長に至っては、恥ずかしさから逃《に》げるためか、絵本を乱読中だ。

仕方ないので、本の山に手を伸《の》ばす。テキトーな、海外の青春小説を手に取った。

頭をぽりぽりと掻《か》きながらも、読書を始める。

……………………………。

カチリ、カチリと、秒針の音。

いつもとは違《ちが》い、異様《いよう》に静かな生徒会。……俺は、こんな状況《じょうきょう》が苦手《にがて》だと思っていた。

だけど……本を読み進め、そちらの世界に半分没入《ぼつにゅう》したあたりで、ふと、「こんなのもいいかもな」なんて感じた。

声もない。視線は本にある。なのに。

会長の微《かす》かな息遣《いきづか》い。知弦さんがページを捲《めく》る音。時折漏《も》れる、真冬ちゃんの微笑《わら》い声。深夏が漫画《まんが》に熱中していく気配。

やっていることは、個人作業。お互《たが》いの交流も無い。なのに、なぜだろう。とてもこの空間が、居心地《いごこち》いい。

(ま、たまにはこんなのもいいか)

俺はまた一つ、真理を悟《さと》り……ぽつりと、今日の結論をニヒルに呟《つぶや》くのだった。

「そう……この静けさ、まったり感は、まさに、事後のベッドの上じゃないか！」

「てめぇのその発言のせいで全部台無しだがなっ！」

結局深夏に、全力で殴《なぐ》られましたとさ。

【第二話～予想する生徒会～】

「私達人間《わたしたち》には、無限《むげん》の可能性《かのうせい》があるのよ！」

会長がいつものように小さな胸《むね》を張《は》ってなにかの本の受け売りを偉《えら》そうに語っていた。

俺《おれ》はその言葉に、深く、深く頷《うなず》く。

「その通りです。俺にもハ――」

「あ、例の如《ごと》く、杉崎《すぎさき》以外」

「だから、なんで毎回俺だけ人類から弾《はじ》くんですかっ！」

「とにかくっ！　私達の未来は無限大！　だけど、この広大な『未来』という名の大海原《おおうなばら》に、時には迷《まよ》ってしまうこともあると思うの」

「なんか凄《すご》くウザいこと言い始めたな……」

深夏《みなつ》が、さも面倒臭《めんどうくさ》そうに会長を見つめていた。……最早《もはや》、先輩《せんぱい》に対する尊敬《そんけい》とか微塵《みじん》も無いな、こいつは。……俺も無いけど。

会長はすっかり自分の「かっちょいい発言」に酔《よ》いしれた様子で、あたかも何かの主人公にでもなったかのように語る。

「今こそ未来への道標《みちしるべ》を共に探そうじゃない、仲間達《なかまたち》よ！」

「会長さんが、未来どころか人生を絶賛迷走中《ぜっさんめいそう》に見えるのは、真冬《まふゆ》だけでしょうか」

いや、真冬ちゃん、それ正解。俺も今、どこへ連れていかれようとしているのか、すっごい不安だもの。

そうして、会長はようやく今日《きょう》の本題を告《つ》げる。

「そんなわけで、時には、夢《ゆめ》を語ろうじゃないの！　希望に溢《あふ》れた未来予想図を！」

『…………』

全員、シラーッと黙《だま》り込《こ》む。俺と椎名姉妹《しいなしまい》は、無言のまま、知弦《ちづる》さんに視線《しせん》をやった。するとと、俺達の意思を汲《く》み取ってくれたらしい知弦さんが、一言だけ、肩《かた》を竦《すく》めながら言ってくれる。

「……こんな時期に、未《いま》だに進路がちゃんと見えていない、お子ちゃま友人、一名」

『あぁー』

「ちょっとそこ！　なに納得《なっとく》したように頷《うなず》いてるのよ！」

会長が顔を赤くして怒《おこ》っていた。なるほど、そういうことか。……っていうか、三年のこの時期にまだ進路決めてないって、かなりアレなんじゃないか？

皆《みんな》で会長を同情的な視線で見つめる。会長は表情《ひょうじょう》をひきつらせながらも、強引《ごういん》に議題を進めてきた。

「わ、私《わたし》のことは全然関係ないけど、と、とにかく、今日は皆の未来予想図を語り合おうよ、うん！　べ、別に進路の参考にしようとか、そういう浅い考えじゃないのよ、うん」

「会長の未来……大学生……場合によっては就職《しゅうしょく》……。……うっわ、高校生というプロフィールさえギリギリだから、全然想像つかないっ！」

「杉崎、うるさい！　私のことはいいって言ってるでしょ！」

「キャリアウーマンな会長。……昨今《さっこん》のエロゲの『登場人物は全員十八歳《さい》以上です』ぐらいの無理を感じる！」

「なにが無理よ、なにが！　サザエさんじゃないんだから、普通《ふつう》に一年後には私も高校を卒業した、大人《おとな》の私になってるよ！」

「無理でしょう、絶対」

「断言!?　時間という概念《がいねん》さえ否定《ひてい》!?」

「だって、会長ですよ？」

「まるで私が時間を超越《ちょうえつ》した存在《そんざい》かのようにっ！」

「八十歳になっても、会長は『わーい、ちょうちょさんだー！』って言って走り回っていると、俺は予想します」

「それはむしろ、ボケが始まっているんじゃないかしら」

「なんにせよ、会長の未来予想図を描《えが》くなんて、難易度《なんいど》が高すぎます。他の議題にしましょうよ」

「く……言わせておけばぁ〜。も、もう、とりあえず私のことはいいから、皆の未来設計でも語ってよっ。ほら、一番年下の真冬ちゃんなんか、どう？」

「ふぇ？」

急に話題を振《ふ》られた真冬ちゃんは少し戸惑《とまど》っていたが、会長の真剣《しんけん》な眼差《まなざ》しに押《お》されたのか、「そうですねぇ」と、検討《けんとう》し始めた。

「未来の真冬……ですか」

「そ。女の子なら、理想の未来の一つや二つ、あるでしょう？　特に真冬ちゃんなんか、そういうの多そうじゃない」

「う〜ん。確かに妄想《もうそう》はたくさんしてますけど……じゃあ自分が現実的に何になりたいかとか、そういうのはあんまり考えたことなかったかもです」

「そっか……真冬ちゃん、まだ一年生だもんね」

会長がガックリと肩《かた》を落とす。……やっぱり参考にする気まんまんだったな、あれ。

仕方ないので、会長に代わって、俺が皆から話を聞き出してみることにする。

「まあ、真冬ちゃんの未来は俺のハーレムで淫《みだ》らな日々を過ごすことで確定けしているんだけど——」

とそこまで言ったところで、隣《となり》から深夏に痛烈《つうれつ》なボディーブローを極《きわ》めて地味に、リアクションに困るぐらいの勢いで入れられたため、一瞬《いっしゅん》黙《だま》り、そして、脂汗《あぶらあせ》を垂らしながらも真面目《まじめ》に話を再開する。

「な、なにか、なりたいものとかないの？　真冬ちゃんは」

「なりたいもの、ですか……。ううん、一日中ボーイズラブを読んでいる仕事があればいいんですが」

「誰《だれ》の利益になる仕事なんだろうね、それは。……作家とかは駄目《だめ》なの？」

「駄目です。あくまでＢＬは趣味《しゅみ》なんです。仕事にしてお金を貰《もら》ったら、この純粋《じゅんすい》な気持ちは無くなってしまうと思うのです」

「いや、既《すで》に純粋さは無い気がするけど」

「他《ほか》には……ゲームを一日やっている仕事、がいいです」

「とことん廃人《はいじん》思考だね」

「レビュアーになりたいです。語りたいです、ゲームを。『美少年だらけの状況《じょうきょう》なのは○。

しかし、ベッドシーンの描写《びょうしゃ》が温《ぬる》めなのは残念』みたいな」

「なんのレビュー!? それコンシューマー!?」

「攻略《こうりやく》本作成もしたいです。『右に避《よ》けると銃撃《じゅうげき》されるため、左に避けるのが正解。ただし、左は核《かく》を打ち込まれるので注意』みたいな」

「右に避けた方が良くなかった!?」

「あー、でも、ゲームも仕事にしない方がいいかもですね。趣味《しゅみ》でいたいですし。そう考えると、今の真冬では考えられない職に就《つ》くのも、ありかもしれないです」

「真冬ちゃんじゃ……考えられない仕事?」

「はい。ええと……ボクサー?」

「それは凄《すご》い! 意外な展開《てんかい》すぎる! 生徒会の一存《いちぞん》シリーズ最終巻の数年後のエピローグで『そうそう、真冬ちゃんはボクサーになったんだ』って俺が一人称《いちにんしょう》で語ってたら、読者驚愕《きょうがく》だよ!」

「戦う女、真冬。……見えますね」

「見える!? 俺には全然無理なんだけどっ!」

「その他だと……そうですね。勇者《ゆうしゃ》、とか」

「この世界でその職に就《つ》いたら、世間からは白い目で見られると思うよ!」

「女勇者、真冬。……見えますね」

「見えたら駄目《だめ》じゃないかなぁ！」

「囲碁《いご》世界チャンピオンっていうのも、アリですね」

「その未来に至る伏線《ふくせん》が今までに一切《いっさい》無い感じが、たまらないね！」

「……び、美少年になってしまうっていうのも、アリかもしれません！」

「やめてぇ――――――――――――！」

「真冬、美少年になった暁《あかつき》には、先輩《せんぱい》の愛を受け容《い》れてもいいですよ」

「ああっ！　なんか凄い混乱気味のマイハート！　嬉《うれ》しいような、そうじゃないような！

こうなったらボーイズラブでもいいような、でも、それは駄目なような！」

「確かに、会長さんの言う通り、真冬には無限の未来があるようです」

「その未来の可能性だけは捨てておいてくれるかなぁ、頼《たの》むから！」

　真冬ちゃんはすっかり希望に目を輝《かがや》かせ、「美少年な真冬×先輩……」と、なにか凄く俺にとって恐《おそ》ろしい未来を夢《ゆめ》見ていた。……この子、いつか俺のハーレム思想を根本から打ち砕《くだ》いてしまう、敵視《てきし》すべき存在なんじゃなかろうか。

　これ以上彼女の未来予想図を聞く気力はない。っていうか、削《そ》がれた。

　俺は……姉に責任をとらせることにする。

「な、なんだよ鍵《けん》。いつになく、荒《すさ》んだ態度じゃねーか」

「ああ……とにかく今は、他の未来を心に思い浮《う》かべたいんだ。深夏の未来を話して聞かせてくれ」

「あたしの未来？　うーん、そうだなぁ」

深夏は腕《うで》を組み、しばし悩《なや》むと、ハキハキとした口調で語りだした。

「面白《おもしろ》くもなんともねーが、堅実《けんじつ》に生きると思うぞ」

「面白くもなんともねーな」

「そう前置きしただろうがっ！」

「真冬ちゃんほどの妄想《もうそう》じゃなくていいけど、もっと夢を語れよ。女の子なんだから」

「と言われてもなぁ」

「ほら、運動神経いいんだし、スポーツ選手になりたいとかないのかよ」

「ないな。特定の部活入ってない理由もそうだけど、義務とか仕事で体動かしたいとは思わねーんだ。真冬が言ってた、趣味《しゅみ》を仕事にしたくないってのとも似てるかな」

「……じゃあ、普通《ふつう》に就職するって？　まあ、深夏っぽくはあるけど」

「まあな。そこそこの金貰《かねもら》って、真冬を養《やしな》えれば、それでいい」

「おい、深夏よぅ……」

「ああ、真冬ちゃん、完全に養われる側なんだ」

「……ここだけの話、妹は、ニート化の可能性大だからな」

小声で囁《ささや》くように深夏が言う。その対面では、妄想BL小説や妄想レビューを笑顔《えがお》でぽわぽわ書いている妹。俺は……頷《うなず》いてしまった。

「だ、大丈夫《だいじょうぶ》だ、深夏。俺が養ってやるから、真冬ちゃんも、深夏も！」

「ま、期待しておくわ。あ、基本的に別居で、金だけ振《ふ》り込《こ》んでおいてくれるだけでいいぞ、うん」

「都合のいい男だなっ、俺！」

「そんなわけで、あたしは将来普通にＯＬだ」

「つ、つまらねーなぁ。他にこう、夢的なものはないのかよ。子供の頃《ころ》のでもいいから」

「そうだなぁ……。……あ」

「ん？　なんかあったのか？」

「え？　あ、いや、なんつーか……」

深夏は気まずそうに頬《ほお》をぽりぽりとかく。心なしか、紅潮《こうちょう》しているようにも見える。

これは、いい話が聞けそうだっ！　俺はぐいっと顔を近づけた。

「聞こうじゃないかっ！　いや、聞かせろ、深夏！」

「近いっ！　近《ちけ》ぇよ、顔！」

「話せよ〜、ほらほら」

「わ、分かったよ。その……あ、あたしな、その……こ、子供の頃の話だからなっ！」

「前置きはいいから、早く」

「う……そ、その……」

深夏はそこで、いよいよ本格的に顔を赤くして、俺から目を逸《そ》らしながら、恥《は》ずかしそうに呟《つぶや》いた。

「お……お嫁《よめ》さんに……。…………。……うぁ」

『…………』

かぁっと顔を赤くして、俯《うつむ》く深夏。

生徒会室……完全沈黙《ちんもく》。俺は勿論《もちろん》、会長も、知弦さんも、真冬ちゃんも……呆気《あっけ》にとられる。

そうして……約五秒後。恐《おそ》らくその場に居た全員の心の声が、完全に一致《いっち》したっ！

（か、可愛《かわい》すぎるっっっっ！）

な、なんだこの可愛さはっ！　「萌《も》えー！」と口に出すことさえ出来ないほどの破壊力《はかいりょく》だと!?　その力たるや、俺だけに留《とど》まらず、皆まで「ぽー」とさせてしまっている！

深夏は、俺達の反応《はんのう》に更《さら》に恥《は》ずかしくなってきたらしく、手をぶんぶんと振《ふ》って、早口《はやくち》でまくしたてた。

「ち、ちがうんだっ！　あの、その、こ、子供の頃の話だって！　お、男を敵視《てきし》するより前のっ！　だ、だから、今は、ぜ、全然、その、お、お嫁《よめ》さんなんか……」

（い、言い訳が余計に可愛《かわえ》ぇえええええええええええ）

誰《だれ》にも目を合わせないまま、ただただ手を無闇《むやみ》にぶんぶんと振る深夏が、異様に可愛い。なんだこいつ。すげぇ抱《だ》きしめたいんだが。

「ああ……アカちゃんに勝《まさ》るとも劣《おと》らないわ……今のこの子……」

知弦さんが、はぁはぁ言いながら深夏を見つめている。

「なにこの気持ち……。ハッ、まさか、これが、恋《こい》!?」

会長に至っては、ときめきが勢いあまって恋にまで発展《はってん》しかけているようだ。

「お姉ちゃん萌え……真冬、新たなジャンルを開拓《かいたく》してしまいました……」

真冬ちゃんは、相変わらず大事な一線をガシガシ踏《ふ》み越《こ》えている。

そして、俺はと言えば……。

無意識《むいしき》のうちに、深夏の手をガッと掴《つか》んでいた。不意打ちのためか、「ひゃっ」と可愛らしく驚《おどろ》く深夏に、俺けかつてないほどのマジトーンで告白する。

「結婚《けっこん》して下さい」

「な、なんで急にプロポーズされてんだよ、あたし！」

「深夏の夢《ゆめ》だった、お嫁さんにしてあげるからっ！」

「や、だ、だから、それは子供の頃の話でっ」

「ウェディングドレス、着たいと思わないか？」

「う……。…………。…………。…………べ、別に、フリフリした可愛いやつなんて、着たくなんか……」

ぷいっと顔を逸《そ》らす深夏。……な、なに、この子っ！　可愛すぎるわっ！　思わず女言葉になってしまうぐらい、キャワイイわっ！

「待ってろ、深夏。今、式場を予約する」

「あ、コラッ、なにケータイ持ってんだテメェ！　やめろって！」

「俺達《おれたち》の素晴らしき未来予想図、現実《げんじつ》のものにしようぜ！」

「なに勝手にあたしの未来に入《はい》ってきてんだよ！　誰《だれ》も旦那《だんな》がお前とは言ってねえ！」

「深夏が他の男と結婚《けっこん》するなんて、そんなの、許されるはずがないだろう」

「最早《もはや》発想がストーカーだな！」

「ああ、僕《ぼく》の可愛《かわい》い深夏や、深夏。僕の妻は、キミ以外考えられないよ……」

「どんどんストーカーキャラ化していくんじゃねえ！　っつうか目を覚ませ、全員！　お、お嫁《よめ》さんっていうのは、あくまで昔《むかし》の夢《ゆめ》だっつってんだろう！」

「子供は三人、全員娘《むすめ》な」

「知るかっ！　お前の子なんて絶対産まねーよ！」

「深夏のことはママ。俺のことは、それぞれ『お父様』『パパりん』『おとー』と呼ばせようじゃないか」

「娘の教育に趣味《しゅみ》を持ち込んでんじゃねぇ！」

「定年退職後《たいしょくご》は、嫁や愛人や娘や孫《まご》と穏《おだ》やかで淫《みだ》らな日々を過ごすんだっ！」

「想像以上の下種野郎《げすやろう》だったことに、あたしもびっくりだ！」

「その頃《ころ》になったら、深夏も、ウェディングドレス脱《ぬ》いでいいよ」

「ずっと着てたのかよっ！」

「よし、深夏もすっかり乗り気になったところで、婚姻届《こんいんとどけ》を貰《もら》って来《こ》ようか」

「今の話で乗り気になる女がいてたまるかっ！　あたしは堅実《けんじつ》に生きるんだっ！」

深夏に無理矢理ケータイを奪《うば》われてしまったため、式場予約は諦《あきら》める。しかし俺は、それでも、この話題をやめなかった。

「しっかし、深夏が『お嫁さん』とはねぇ」

「く……言わなきゃ良かった……」

「お前って、意外と中身『女の子』だよな」

「そ、そんなことねーよ！　あたしの熱血《ねっけつ》さは、碧陽《へきよう》女子の中じゃ群《ぐん》を抜《ぬ》いているぜ」

「純情《じゅんじょう》さも、群を抜いているがな」

「んなことねーよ。えと……ほら、あたしぐらいになると、男もとっかえひっかえだぜ」

「なにその嘘《うそ》！　事実だとしても、誇《ほこ》れることじゃねぇし！」

「とっかえひっかえ、屠《ほふ》ってるし」

「ほふってんの!?」

「と、とにかく、あたしを『女の子』扱《あつか》いすんじゃねー！　鍵は、この前の一件《いっけん》以来、妙《みょう》にあたしを『女の子』扱いしすぎだっ！」

「？　この前の一件？」

「あたしが髪《かみ》下ろしてた時のヤツだよ！」

「あー」

確かに、言われてみればそうかもしれない。元から深夏の中身が女の子なのは知っていたが、あの一件で、完全に意識したところはある。

俺が「むー」と唸《うな》っていると、会長が俺を擁護《ようご》するかのように「結局さ」と口を出してくる。

「深夏は、杉崎に女の子扱いされるの、イヤなの？　女の子なのに？」

「え？……そうだな。改《あらた》めて考えたことなかったけど……そうかもしれねー」

「なんで？　元々こんなチャラい男なんだから、女の子扱いの方が、むしろ自然だと思うけど」

「確かにそうなんだが……。あたしは、鍵とは……」

ちらりとこちらを見て、なんだか、とても複雑《ふくざつ》な感情を孕《はら》んだ表情をする深夏。……どうも俺達は、調子に乗って踏《ふ》み込《こ》みすぎたらしい。

以前よりは若干緩和《じゃっかんかんわ》されたとはいえ、母親の香澄《かすみ》さんに関《かん》する一件がまだ「全面解決」とまで至ってない以上、深夏の男に対する思いには、まだまだしこりがあるのだろう。

会長は相変わらずそんなこと一切気付かずポケーッとしていたため、俺はこほんと仕切りなおして、ちょっと強引《ごういん》にでも話題を変える。

「会議脱線《だっせん》気味ですよ」

「あ、ホントだ。えと……未来の話だもんね、今日《きょう》は」

「そうです。というわけで……知弦さんは、卒業後どうするんですか？」

知弦さんへと話題を振る。彼女も空気を読んでくれていたため、すぐに「そうね」と話題を引き取ってくれた。深夏が隣《となり》でほっと胸を撫《な》で下ろす。

「とりあえず大学生になるのは確定しているわ。浪人《ろうにん》する気はないし」

「いや、浪人したくてしている人はいないと思いますが……」

自分が受かろうと思えば受かれると思っているこの自信。知弦さんらしすぎる。

知弦さんは、少し憂鬱《ゆううつ》そうに息を吐《は》く。

「でも実際のところ、その先の『夢』って別に無いのよね。漠然《ばくぜん》と、お金は沢山稼《たくさんかせ》ぎたいと思っているけど。手段は、特に拘《こだわ》ってないわ」

「せめて犯罪《はんざい》だけはやめて下さいね」

「…………」

「なんかすっごい残念そうな顔しないで下さいよっ！」

「だって、楽しそうじゃない、犯罪で荒稼《あらかせ》ぎ。特に拘りはないけど、刺激《しげき》は欲《ほ》しいわよ。

少なくとも公務員になって平和に暮らすなんて、まっぴらごめんね」

「なんでそんなに悪役的思想《あくやくてきしそう》に染《そ》まっているんですかっ！」

「物語だって、事件《じけん》起こらなかったら、つまらないでしょう」

「うっわー。生徒会の一存シリーズ全否定《ひてい》だー」

「人生もそうよ。起伏《きふく》の無い人生なんて、ただ、幸福なだけじゃない」

「ただ幸福ならいいじゃないですかっ！」

「水戸黄門《みとこうもん》も言っているわよ。『人生、ヤクやりゃ苦《く》もあるさ』って」

「黄門様はそんなダークな発言しません！」

「なにはともあれ、普通《ふつう》ではない生き方をしたいわね。それが、紅葉《あかば》知弦という女よ」

「なにカッコつけてるんですか。……俺のハーレムの一員でいいじゃないですか。普通では得られない快楽《かいらく》を——」


「火星に移住してみようかしら」

「俺の傍《そば》どころか、地球にさえ留《とど》まる気ナッシングですかっ！」

「いっそ宇宙船で暮らすのもいいわね……。すぐ外に死が広がっている環境《かんきょう》……ぞくぞくするわ。ぞくぞくしすぎて、眠《ねむ》れないかもしれないわ」

「そんな不健康な生活やめて下さいっ！」

「宇宙なら、モビルスーツのパイロットなんて、最高よね。常に戦場の緊張《きんちょう》の中に」

「なんでそんな刹那《せつな》的な生き方しか出来ないんですかっ！」

「大丈夫《だいじょうぶ》よ。ビジュアルが綺麗《きれい》なキャラは、なかなか死なないから。機体凄《すご》く大破しているのに。雑魚《ざこ》なら、すぐ爆発《ばくはつ》するのに」

「アニメの話でしょう、それ！」

「ただ、ビームサーベルがパイロット直撃《ちょくげき》コースもそれなりにあるから、怖《こわ》いのよね……。私、ほら、謎《なぞ》の敵《てき》女性パイロットっぽいじゃない？……戦場で死ぬわね」

「そこまで分かっているなら、やめましょうよ！」

「そうね……緊張の中にはいたいけど、死んでしまったら駄目《だめ》よね。宇宙進出は諦《あきら》めるわ」

「ホッ……。良かっ――」

「やっぱり使徒と戦うわ」

「とにかくロボット降《お》りてぇ――――――――――――――――――！」

「生身で」

「余計に駄目《だめ》ぇ――――――――――――――――――――！」

「私のＡＴフ○ールドは凄《すご》いわよ。誰にも一切心開かないもの」

「ああっ！　知弦さんとの間に、なんだか凄く距離《きょり》を感じるよぅ！」

「……仕方ないわね。どうもキー君は、自分も、私の未来に関《かか》わりたいようね」

「そりゃそうですよ。俺と知弦さんは結ばれる運命なんですから」

「酸素が切れた潜水艦《せんすいかん》の中で？」

「だから、なぜそんな刹那《せつな》的なんですかっ！」

「確かにそれは盛《も》り上がるわね……周囲に死がある状況《じょうきょう》で、燃え上がる恋《こい》の炎《ほのお》。……ありね」

「なしにして下さい。恋の炎は、普通の状況でも燃やせると思います」

「人類が滅《ほろ》び行く中で、二人、激《はげ》しくお互《たが》いの体を貪《むさぼ》りましょうか」

「いえ、人類の方を先になんとかしましょうよ」

「地球が爆発《ばくはつ》する光をバックに、濃厚《のうこう》なキスシーンとか」

「どうして俺達の愛はバッドエンドでしか育《はぐく》まれないんですかっ！」

「だって、そうでもしなきゃ、キー君となんてねぇ」

「なんか酷《ひど》いフラれ方したっ！」

「…………。……ま、結局普通に公務員になると思うけど」

「ええ〜」

知弦さんはもう言いたいことは言い尽《つ》くしたとばかりに、カバンから取り出した教科書に目を落とし始めた。……やりたい放題だな、この人。まあ、知弦さんなら本気で「なんにでもなれる」感はあるけど。

さて。

ここまで来ると、残りは……。

「私はねっ、杉崎！」

視線《しせん》をやると同時に、すぐさま会長のターンが始まってしまった。会長は、ちょこんとその場に立ち上がって、目をキラキラさせている。……俺のことなんて見ちゃいねぇ。見ているのは、「素晴《すば》らしき未来の自分」のようだ。

「大学では、学園のマドンナよね。この学校でも、人気投票一位なんだから！」

「マドンナというより、マスコットだと思いますけど」

「『ミス○○』とか、貰《もら》っちゃうと思うんだぁ〜」

「『ミスばっかりする子』の称号《しょうごう》なら、貰えるでしょうね」

「ＣＭなんかも出ちゃったりして。ビールのＣＭとか」

「『お酒は二十歳《はたち》から』っていう文章と、異様《いよう》なミスマッチを見せられそうですね」

「大学卒業後は、うーん、アイドル事務所にもスカウトされちゃいそうだけど」

「現実より、むしろアイマスに出てきそうな容姿《ようし》ですけどね」

「でもそのスカウトを蹴《け》って、私は、株式会社『くりくりくりむ』を立ち上げるの」

「うわ、ここまで株を買う気失《う》せる会社、初めてだっ！」

「杉崎は、私のこと、会長じゃなくて『シャチョー』って呼ぶんだよ！」

「あ。なんだかんだ言って、俺も会長の未来にいるんですね」

「あ」

会長は一瞬顔をカァッと赤くしてしまっていたが、こほんと咳払《せきばら》いして、顔を背《そむ》けながら無理矢理続けた。

「も、勿論《もちろん》、ただの部下だけどね。副社長」

「『取締役会《とりしまりやく》の一存』シリーズ発足ですね」

「目標《もくひょう》は勿論、世界征服《せいふく》」

「秘密結社!?」

「年商千兆《ちょう》っ」

「わー、アホっぽい数字ー」

「破滅《はめつ》だー！」

「私の手の上で、世界が転がるのよ」

人類は衰退《すいたい》しますな。ガ○ガ文庫で予習しておくべきだろうか。

「二十五ぐらいでイケメン俳優《はいゆう》と結婚《けっこん》。出産。娘《むすめ》は凄く可愛《かわい》いのがいい」

「あ、さらっと俺捨てられてる」

「だけど旦那《だんな》さんは地球を守るために隕石《いんせき》に立ち向かって、死んじゃうの」

「俳優なのに？」

「ああ、悲劇《ひげき》のヒロインな私っ！　だけど健気《けなげ》に頑張《がんば》る私っ！……最高すぎるわ」

「ああ、なるほど、自分主人公化の野望がメインなんですね。旦那は踏《ふ》み台なんですね」

「シングルマザー、記憶喪失《きおくそうしつ》、娘の堕落《だらく》、反逆の娘」

「めっちゃ娘ぐれてますがな」

「娘の死をも乗り越《こ》える私っ」

「殺したっ!?　あんた最低だっ！」

「三十年後、帰還《きかん》する夫」

「なにその怖《こわ》い奇跡《きせき》」

「既《すで》に再婚《さいこん》していて、彼を突《つ》き放す強い私」

「イケメン俳優報《むく》われねぇっ！……あ、でも再婚相手が、俺なわけですね――」

「合衆国大統領《だいとうりょう》の夫と、幸福な時間を過ごす私」

「遂《つい》にはファーストレディ!?」

「ひっそり野垂《のた》れ死ぬ、元部下、杉崎」

「なんで!?　いつクビになったの!?」

「そして、私は『幸せな人生だったわ……』と微笑《ほほえ》み、眠《ねむ》るように息をひきとるの」

「周りを不幸にするだけして、自分だけ勝ち逃《に》げとは……」

「しかしっ！　その時奇跡《きせき》がっ！　なんと、私の人生を見ていた神様が、私の慈愛《じあい》に満ちた心を高く評価し、不老不死《ふろうふし》の魔法《まほう》を私にっ！」

「…………」

「そうして、桜野《さくらの》くりむは、永遠に人類の頂点《ちょうてん》として幸福に暮らしましたとさ」

「人類にとって壮絶《そうぜつ》なバッドエンドですね」

「うふふ……どう、杉崎。私のこの、素晴《すば》らしい未来予想図は」

どうやら俺のツッコミを全然聞いてなかったらしい。自信満々な態度で、胸を張って、鼻さえ伸《の》ばして、そんなことを言ってくる。

俺は……少し考えて、満面《まんめん》の笑《え》みで返してやった。

「完璧《かんぺき》ですね。非《ひ》の打ち所が無い」

「そうでしょう！」

「ということは、進路は、大学進学で決定ですね？」

「うん、そうね！　いきなり会社作ってもいいけど！」

「人類に猶予《ゆうよ》期間を下さい」

「分かったわ。じゃあ、大学行くー！」

「はいはい」

なんか進路決まった。……いいのだろうか。まあ、このまま就職させるのは果てしなく不安だから、とりあえず、大学行かせるのが吉《きち》だろう。四年で頭冷えるのを期待しよう。

さて、これで一応全員分の未来予想図は聞き終えた。後は……。

会長が、俺に「で？」と促《うなが》してくる。

「へ？」

「だから、杉崎の未来予想図は？」

「ああ、言ってませんでしたね。でもそんなの、『美少女ハーレムで幸福に暮らしている』で確定していますし……」

会長は俺の発言に呆《あき》れた様子だったが、しかし、「でもさ」と続けてくる。

「仕事は？　ハーレムは……まあいいとして、仕事は必要でしょう」

「仕事……。仕事かぁ」

「それはあたしも興味あるな」

俺達の会話に、深夏も、身を乗り出してくる。つられるように、知弦さんと真冬ちゃんも「私も聞きたいわ」「真冬も聞きたいです」とこちらを見てきた。

俺はしばし考え……とりあえず、思いついたのを言ってみる。

「ホストとか、ぴったりじゃね」

「無理だろう。キモイし、お前」

「キモイとか言うなよ！　すげぇ傷《きず》つくんだよ、それ！」

深夏に一蹴《いっしゅう》されてしまったので、他の可能性も模索《もさく》する。

「じゃあ……ＡＶ男――いや、駄目だな。美少女以外抱《だ》けねーし。俺を愛し、俺に愛された女以外、俺に抱かれる資格《しかく》ねーし」

「なにさまなんだろう、この子」

知弦さんが凄《すご》く冷たい目でこちらを見ている。

「うーん……あ、エロゲメーカー立ち上げなんてどうだろう」

「な、なんか凄く成功しそうな気がします」

真冬ちゃんが俺をなぜか怯《おび》えた目で見ていた。

しかし俺はその方向性で膨《ふく》らませてみる。

「ブランド名、『鍵《かぎ》』、だな」

「なんかそのネーミングは駄目《だめ》だと思います。理由は言えませんが、駄目です」

「ええー。……じゃ、『杉《すぎ》』……じゃイマイチだから、『葉』とか」

「それも駄目です。理由は言えません」

「く、ブランド名でつまずくとは。……じゃもう、いいよ。『エロエロソフト』でいいよ、もう」

「すっごい割り切りましたね！」

「方向性としては、陵辱《りょうじょく》・鬼畜《きちく》」

「さ、最悪です……」

「需要《じゅよう》あるんだよ？　真冬ちゃんも一緒《いっしょ》に作ろうよ。シナリオ書いてよ」

「そのシナリオを書いたら、真冬、何か大切なものを失うと思います」

「大丈夫《だいじょうぶ》。既《すで》に失っていると思うよ、俺をネタにBL書いた時点で」

「そ、それを言われると弱いですが……とにかく駄目です！　せめて、ラブコメにして下さいっ！」

「仕方ないなぁ。じゃあ、明るいハーレムもの主体で」

「うんうん。その方が、先輩《せんぱい》らしいですよ」

「主人公の名前は、杉原健《すぎはらけん》で」

「自分を投影《とうえい》するのはやめて下さいっ！　痛々しいにも程がありますよ！」

「シナリオは……うーん、とにかく主人公モテるの。出会《であ》い頭《がしら》で、即《そく》やっちゃうの」

「もう物語とか一切無いじゃないですかっ」

「でも主人公はそんな自分の能力『チャーム』を忌《い》み嫌《きら》っているんだよ」

「ああ、意外と話があるんですね」

「ま、結局流されてやっちゃうんだけどね。快楽最高！」

「駄目《だめ》主人公すぎます！」

「しかし、終盤《しゅうばん》どんでん返しがっ！」

「ああ、いいですね、そういうの。最近の流行ですし」

「なんと、杉原健は、杉崎鍵だったのだっ！」

「意味が分かりません！　なんですかそのどんでん返しっ！」

「いやぁ、まさか主人公がメーカーの社長だったとはねー」

「プレイヤーは凄くいやな気分になりますね」

「モテてモテて仕方ない俺の悲哀《ひあい》に満ちた半生を描《えが》いた超大作《ちょうたいさく》ノンフィクション」

「フィクションの嵐《あらし》じゃないですかっ」

「ヒロイン数はなんと千人！」

「絵師《えし》さん何人雇《やと》えばいいんですかっ！」

「ヒロイン一人につき、分岐《ぶんき》が五十！」

「五万パターンも真冬がシナリオ書くんですかっ！」

「エンディングはハーレムエンド一つだけど」

「千人ハーレムって、最早《もはや》、若干《じゃっかん》ホラーな気がします」

「タイトルは『杉崎鍵は浮気《うわき》しない～杉原健のエロエロ密着五百日～』」

「……ああ、もう、どこからツッコンでいいものやら……」

「……売れるな。エロゲ業界に、旋風《せんぷう》を巻き起こすな」

「多分、開発頓挫《とんざ》して終わりだと思います……」

そこまでエロゲ話に花を咲《さ》かせたところで、周囲からのゴミを見るような視線に気がつく。……………。

……………。

「え、エロゲ製作だって、立派《りっぱ》な仕事なんですよっ！」

知弦さんや会長に向かって必死の説明を試みる。知弦さんは、「そうね」と無表情《むひょうじょう》に返してきた。

「別にそういう仕事を否定はしないけど……。キー君は、地獄《じごく》に堕《お》ちればいいと思う」

「なんで!? 俺、夢語《ゆめ》ってただけじゃないですかっ！」

「夢が汚《よご》れている男子って、ろくな大人《おとな》にならないと思う」

「会長まで……。エロゲを馬鹿《ばか》にして……」

「いや、エロゲじゃなくて、杉崎を馬鹿にしてるだけ。そこは勘違《かんちが》いしないでね」

「う……ちくしょー！　いいよいいよ！　エロゲブランド立ち上げ、やめるよ！」

泣きながら撤回《てっかい》する。深夏が、「別に作るのはいいが、あたしや真冬に関係ないところでやってくれ」と、また身も蓋《ふた》もないことを言っていた。

「くそ……ホストも男優もエロゲも駄目《だめ》だとなると……俺に出来ることは何も無いじゃねえか……」

「ある意味すげー人材だな」

「…………」

俺は考え込む。考えろ、俺。俺の未来。ハーレムを作るのは確定だが、しかし、ハーレムの維持《いじ》には金がかかるのも事実。その金の捻出《ねんしゅつ》は、どうすればいいのか。

女が増《ふ》えれば増えるほど、金はかかる。しかし、来るものは拒《こば》まずのスタンス。全員と子供を作ってしまうことも考えると……ああっ、俺個人で稼《かせ》げる額《がく》では底が見えてるっ！

これはまずい……まずいぞ。一発逆転の手法でも考えなければ。

発想の転換《てんかん》。女が増えても増えても……俺は、金を、払《はら》わない？

「そ、そうかっ！」

俺は素晴《すば》らしい名案を思いつき、そして、思いっきり立ち上がって堂々と宣言した！

「俺はヒモ王になるっ！」

『ヒモ王!?』

「うむ。生活費、教育費などは全《すべ》てハーレムメンバーに出して貰《もら》い、その代わり俺は愛と体を提供します」

「役立たずにも程があるよっ！」

会長が顔を真《ま》っ赤《か》にしながら否定してきた。どうやら、「体」発言に照れたらしい。

「一度でも俺に抱《だ》かれた女は、自ら金を差し出すであろう……」

「なにその根拠《こんきょ》の無い自信！　そして、その関係はただれていると思うよ！　愛じゃないよ、そんなの！」

「う……痛いところを。じゃあ、体はやめておきます。愛だけ提供します」

「いよいよ本格的に役立たずじゃないっ！」

「いいんですよ、ヒモ王だから」

「ヒモであることを誇《ほこ》るのはやめなさいっ！」

「ただのヒモじゃないです。ヒモ王です、ヒモ王。ちょっとした神様です」

「え、お供え気分!?」

「俺に金をめぐんだ美少女には、御利益《ごりやく》があるとかないとか。それがヒモ王。もしくはヒモ神様。……なんかいい響《ひび》きですね、『ひもがみさま』」

「随分《ずいぶん》といい身分だよねぇ！」

「王ですから」

「勝手に名乗っているだけじゃない！」

「ヒモ王は現人神《あらひとがみ》です。全ての人間（主に美少女）は、すべからく、俺をあがめていくべきです」

「だから、自己申告《じこしんこく》でそうなれるなら苦労はいらないよ！」

「よし、これでお金の心配はなくなったな。よく考えたら、俺ほどになれば、お金があっ

※妄想です。

ちからやってきますもんね。心配する必要なかったです」

「……卒業後の杉崎の落ちぶれっぷりが、逆に楽しみになってきたよ」

会長はもう俺の言葉などまともにとりあわず、会話を切り上げた。というか、諦《あきら》めた。

……自分だって、誇大妄想《こだいもうそう》な野望を抱《いだ》いているくせに……。

会長は、仕切るように咳払《せきばら》いして、立ち上がる。

「さてと。問題は一杯《いっぱい》あったけど、一応、皆《みんな》それなりに未来を考えているようね」

「一番迷《まよ》っていた人が、何を偉《えら》そうに……」

「う、うるさいよっ、杉崎！　とにかく、皆夢を持っていて、とてもよろしい！」

会長は勝手に話を締《し》めくくると、ポットで自分のお茶を入れ、すっかり休憩《きゅうけい》し始めてしまった。……結局今回の会議って、なんだったんだ……。

しかし、知弦さんも真冬ちゃんも苦笑《にがわら》いする中、ただ一人、深夏だけは「将来……か」と、机《つくえ》に肘《ひじ》をついて呟《つぶや》いていた。

少し心配になって、彼女の顔を覗《のぞ》き込《こ》む。

「どうした？　なんか悩《なや》み事か？」

「ん。いや、そんな大した事じゃねーけどさ」

深夏はそう言って笑うも、しかし、やっぱり表情はすぐれなかった。

……深夏が最近、何か悩んでいることは俺も分かっていた。それも恐《おそ》らく、家族のことに関係するのだろう。以前の三者面談《さんしゃめんだん》の一件《いっけん》がキッカケで、よくも悪くも、深夏は再び香《か》澄《すみ》さんと……香澄さんの「恋愛《れんあい》」と向き合うことになっているんじゃないかと、俺は考えている。まあ、深夏も真冬ちゃんも改《あらた》めて口には出さないけど。

「仕事、結婚《けっこん》、家庭……ね」

無意識《むいしき》なのか、また深夏がぽつりと漏《も》らす。真冬ちゃんも気付いていたようだけど、彼女は何も言わず、知弦さんと雑談を続けていた。彼女がそうするなら、俺が詮索《せんさく》しすぎるのも野暮《やぼ》ってものだろう。

深夏から視線《しせん》を逸《そ》らすと、丁度《ちょうど》、会長と目が合った。

会長は急に「でもさぁ」と嘆息《たんそく》気味に話しかけてくる。

「どうして皆、簡単《かんたん》に将来を決めちゃうんだろうね」

「え？」

またこの人は変なことを言い出した。俺は、首を傾《かし》げる。

「別に、皆『簡単に』なんて決めてないと思いますよ？　進路は、皆悩みますよ」

「そうかなぁ。だって、私《わたし》以外のクラスメイトは、すっごく早く進路希望とか出すよ」

「それは、だから会長が遅《おそ》いだけですって」

「そうなのかなぁ」

会長は何が不満なのか、鼻の下にシャープペンを挟《はさ》んで、口を尖《とが》らせる。

そうして、しばし一人でうんうん唸《うな》った後……まとまらない言葉ながら、実に彼女らしい考えを口にした。

「なんか、皆、もっともっと、いっぱい選択肢《せんたくし》持っているはずなのになぁって」

「…………」

「そういう意味じゃあ、生徒会の皆のめっちゃくちゃな夢は、いいなぁって思ったよ。うん。すっごく楽しかった」

俺達はボケのつもりで言っていたのに、会長は、どうやらそうではなかったらしい。

「いろーんな可能性あるのにね、皆。大学行くとか、就職《しゅうしょく》するとかだけじゃなくて、もっと色とりどりの未来があって、いいのに」

「今は似《に》たような進路でも、最終的には皆、それぞれ色んな職につきますよ」

「う〜ん、そういうことじゃないんだけどな〜」

会長は腕《うで》を組んでしかめっ面《つら》をする。いつの間にやら、知弦さんや真冬ちゃん、深夏までもすっかりこっちの会話に注目していた。

皆の視線《しせん》を受ける中、会長は、結局最後まで曖昧《あいまい》なことを言う。

「宇宙人になりたいとか、正義の味方になりたいっていうのがあってもいいと思うの」

「幼稚園《ようちえん》ならいいですけど。貴女《あなた》達は生憎《あいにく》高校三年生ですよ」

「バナナになりたいとか、ムカデになりたいとかもあってもいいのに」

「クラスに麻薬《まやく》が大流行したりしない限り、高三でそれはないかと」

「と、とにかくっ！　最初にも言ったけど……」

会長はそこで一呼吸置き、そうして、再び小さな胸《むね》を張る。


「私達には、無限《むげん》の可能性《かのうせい》があると思うの！」


それは、結局今日《きょう》最初に言ったあの名言だった。でも、今なら……なんとなくだけど、会長がそんなことを言い出した気持ちが、ちょっとだけ理解出来た。

俺達には無限の可能性がある。それこそ子供の頃《ころ》は、そんなの言われるまでもなかった。荒唐無稽《こうとうむけい》な夢を、純粋《じゅんすい》に描《えが》いていた。でも今は……夢をなくしたとは思わないけど、確かに会長の言う通り、自分で自分の選択肢をどんどん絞《しぼ》っているのかもしれない。

本当は、今だって『無限の可能性』はあるのに。本当に『絶対無理』なことなんて、実はそんなにないのに。いやまあ、バナナには……流石《さすが》になれない気がするけど。

だけど、やっぱり俺達は、進路希望を訊《き》かれたら無難《ぶなん》な答えを返す。それは全然間違《まちが》いなんかじゃないけど……少なくとも、このお子様会長には、面白《おもしろ》くなかったらしい。

「だけどさすが私の生徒会！　皆、変な夢持ってて安心したよ！　やっぱり夢はこうじゃないとね！」

『そ、そうですね』

俺、知弦さん、真冬ちゃんは、苦笑《にがわら》いしながら返す。……な、なんか、今更《いまさら》「八割ボケだったんだけど……」と言いだし辛《づら》い空気だった。

そして更に、会長は気付いてなかったけど、俺の隣《となり》では深夏がフクザツそうな顔をしていた。……そういえば、深夏だけは徹頭徹尾《てっとうてつび》「堅実《けんじつ》」を選んでいた。お嫁《よめ》さん発言云々《うんぬん》はあったものの……結局のところは、安定した未来を望んでいた。

でも会長は、そんなことすっかり忘れているらしい。生徒会メンバーの「変な夢」を絶賛《ぜっさん》しまくっている。……本人に悪気《わるぎ》は無いのだろうけど、こういうのは、地味に傷《きず》つくんだよなぁ。

仕方ないんで、俺は、いつものようにおどけて話を逸《そ》らすことにする。

「つまり会長！　俺のハーレムという夢にも、肯定的《こうてい》ととっていいんですね！」

「ち、違《ちが》うわよっ！　そういうことじゃなくて――」

予想通り、会長にぎゃあぎゃあと噛《か》み付かれる。いつものように説教されながらも、ちらりと深夏の方を窺《うかが》うと、彼女は「悪いな」と小声で、舌をチロリと出しながら謝《あやま》ってくる。どうやら、会長の発言自体はあまり気にしてないようで一安心だ。

しかし、それは同時に、深夏の抱《かか》えている問題が生徒会や……俺が関与《かんよ》できる部分ではないことを、再確認させられたようでもあり。


（堅実な未来と、無限の可能性……ね）


もっと夢を持てと言ったり、一方で俺のハーレムの夢をボロクソ否定する会長の怒声《どせい》を聞き流しながら、俺は、なんとなく深夏の横顔を見つめ続けた。

……どんな未来でも構わないから、こいつが、とにかく幸福そうに笑ってくれていたらいいなと……笑わせてやりたいなと、そんなことを改めて考えていた。

【第三話～暴露《ばくろ》する生徒会～】

「豊かな教養こそが、健《すこ》やかな心を育《はぐく》むのよ！」

会長がいつものように小さな胸《むね》を張ってなにかの本の受け売りを偉《えら》そうに語っていた。

しかしまた成長云々《うんぬん》だ。やっぱりこのちびっこ先輩《せんぱい》は、そういう部分にコンプレックスでもあるのだろうか。

会長の言葉を受けて、今日《きょう》は珍《めずら》しく生徒会室に来ていた真儀瑠《まぎる》先生が、かったるそうに顔をあげる。

「小冊子《しょうさつし》『生徒会雑学』作成ねぇ……。よくもまあ、次から次へと、自分から厄介《やっかい》ごとを生み出せるもんだ」

「先生にだけは言われたくないよっ！」

だるそうに企画書《きかくしょ》を眺《なが》める先生に、会長が強い視線《しせん》を向ける。しかし……どちらかというと俺達《おれたち》生徒会メンバーは、今は真儀瑠先生側《がわ》だった。

この会長、どうやら、今日は生徒に配布《はいふ》する小冊子を作りたいらしい。ただでさえ『生徒会の一存シリーズ』の執筆《しっぴつ》を抱《かか》えていて忙《いそが》しいというのに。

「昨日《きのう》は……ああ、例の雑学クイズ番組のスペシャルをやっていたようね」

知弦《ちづる》さんが、テレビ雑誌を確認してそんなことを呟《つぶや》いていた。俺と椎名《しいな》姉妹《しまい》は、深く嘆《たん》息《そく》する。……意外と会長には、「主体性」ってのが無いのかもしれない。名言にしろ企画にしろ、なんか、すぐどこかから引っ張って来ているような。

会長は咳払《せきばら》いし、机《つくえ》を叩《たた》いて仕切りなおす。

「やると決まったからには、やるの！　ぐちぐち言わない！」

「か、勝手に決定事項《じこう》なうえ、やる気を求めてきてます……」

真冬ちゃんが会長の横暴《おうぼう》ぶりに愕然《がくぜん》としている。

「雑学もなにも、この生徒会、そんなに深くねーと思うんだが……」

深夏《みなつ》はとても鋭《するど》い指摘《してき》をしていた。会長は一瞬《いっしゅん》「うぐっ」と詰《つ》まるも、どうしてもこの企画を推《お》したいのか、無理矢理気味に反論してくる。

「生徒会の意外な一面を知って貰《もら》ったり、学園にまつわる『へー』という事実を明かすことによって、生徒達の関心を高めるのっ！」

「いつもやっている小説で充分《じゅうぶん》じゃないの？」

知弦さんがもっともなことを言うも、会長は聞き入れない。

「それとはまた違った側面からも、攻《せ》めないと！」

「生徒を攻めてどうするんですか……」

俺の言葉に至っては、完全無視《むし》。会長は勝手に企画を開始する。

「じゃあ、皆《みんな》の同意を得られたところで、早速《さっそく》作成にとりかかるわよ！」

『……………』

こういうのを、独裁政治《どくさいせいじ》って言うんだろうな。しかし決まってしまったものは仕方ないので、俺達は渋々《しぶしぶ》企画に乗り出す。

会長が「私の仕事は終わったわ」と言わんばかりの態度で椅子《いす》にふんぞり返っているため、例の如《ごと》く、俺が進行役を務める。

「ええと、会長の口ぶりからして、どうも学園にまつわる雑学をクイズ形式で纏《まと》めて小冊子にしたいみたいなんですが……」

俺がそう言うと、会長は「うむうむ」と頷《うなず》いていた。どうやら正解らしい。

俺は、メンバーを見渡《みわた》す。

「なにはともあれ、肝心《かんじん》のネタが無いとどうにもならないです。誰《だれ》か、何か雑学知っている人〜」

『……………』

全員、すっかり黙《だま》り込《こ》む。ここに来てようやく、会長の顔に焦《あせ》りが浮《う》かんだ。

「ちょ、ちょっと皆！　雑学出してよ、雑学！」

「そういうアカちゃんは、なにか知っているのかしら？」

「う……」

会長は顔に汗《あせ》をダラダラかき始める。しかし、何も言わないわけにはいかないと腹《はら》を括《くく》ったのか、視線を逸《そ》らし気味に答えた。

「……じ、実は。なんと、会長の桜野《さくらの》くりむは、わたあめが大好きだ」

『……へー』

「その『へー』はいやだわ！　なんか凄《すご》くいやだわ！」

全員の目が棒線《ぼうせん》になっているのに気がついたのか、会長は慌《あわ》てて次の雑学を口にする。

「……桜野くりむは、Ｆカップである」

「嘘《うそ》は駄目《だめ》でしょう、嘘は！」

俺は全力で否定する。しかし会長は、譲《ゆず》らなかった。

「き、着やせするタイプなんだよ、私。脱《ぬ》いだら凄《すご》いんだよ」

「どんな着やせですかっ！　その外見で実はFカップだったら、もう、既《すで》にファンタジーの域の能力じゃないですかっ！」

「さ、さらしを巻いて、普段《ふだん》は押さえつけているんだよ！」

「だとしたら、とんでもなく苦しいでしょうねぇ！」

「う、うん、そーだよ。このさらしを取ったら、私、戦闘力《せんとうりょく》が三倍になるよ」

「もはや拘束具《こうそくぐ》!?」

「あと、実は、身長も本当は170センチなんだよ。着縮《きちぢ》みするタイプだけど」

「着縮み!?」

「脱いだら私、身長170センチでFカップで足長くて髪《かみ》も長い、ちょー美女」

「別人じゃないですかっ！」

「ほ、本来の姿と言ってほしいな」

「じゃあ脱げ！　今すぐ脱げ！」

「え、えっちだよ！　こ、これだから、杉崎《すぎさき》は……」

「ぐぬぬ……じゃあ、俺は生徒会室から出て行きますから、女性メンバーに確認させて下さいよ！　本当の雑学だと言うのなら！」

「や、やだよ。私……ほら、宗教上の理由で、同性といえども、肌《はだ》を見せられないから」

「また嘘でしょう！　何教に入っていると言うんですかっ！」

「あ、ほら、これもまた雑学だよ。なんと、私、桜野くりむは、『ぬこぬこ教』の教祖様《きょうそ》なんだよ！　開祖でさえあるよ！　崇《あが》めよ〜、鍋《なべ》で猫《ねこ》を寝《ね》かせよ〜」

「自分発信の宗教じゃないですかっ！　しかもなに、そのゆるい宗教！」

「猫の可愛《かわい》い姿《すがた》を見てはんわかして、『ぬこ、かわええ〜』とブログに写真アップしたり、動画を作成するのが、主な活動」

「その宗教、肌を見せる見せない、関係ないじゃないですか……」

「ぐ……。そ、そんなことないよ！　猫を愛《め》でる者は、すべからく、純粋《じゅんすい》でなければならないんだよ！　他人に肌を見せる行為《こうい》は、重大なタブーなんだよ！」

「……じゃあ会長は、銭湯《せんとう》とか入ったことないと？」

「……と、とーぜんだね」

「…………。……話変わりますが、風呂上《ふろあが》りの牛乳って美味《おい》しいですよね。特にビンのヤツ」

「あ、うん！　あれこそ、銭湯の醍醐味《だいごみ》だよね！」

「…………」

「…………」

「……銭湯には、入ったことないようですね」

「ああっ！　あえて指摘《してき》しないという斬新《ざんしん》な攻撃《こうげき》!?」

「雑学登録《とうろく》～」

「ああっ！　なんかごめんなさい！　すごくごめんなさいだよぅ！」

俺は会長に、自ら反省を促《うなが》すことにした。あえて、生徒会雑学に登録してやることにする。……自らの嘘に、溺《おぼ》れ続けるがいい。

会長がすっかり涙目《なみだめ》になって落ち込む中、知弦さんが、「そういうのでいいなら……」と雑学作成に乗り出してくる。

「アカちゃんみたいな個人情報でいいなら、私も協力出来るわね」

「いいんじゃないですか。美少女の隠《かく》された日常なら、俺は勿論《もちろん》、皆興味《きょうみ》あるでしょうしね」

「そう。なら……」

知弦さんは髪《かみ》をかきあげ、口元に手をやり、ぽつりと呟《つぶや》く。

「私、紅葉《あかば》知弦は、昔人《むかし》を殺し——あ、やっぱりこれはなし」

「何を言おうとしました!?　今、雑学レベルじゃないこと口にしかけましたよねぇ！」

「そんなことないわよ。私、自分の人生に、誇《ほこ》りを持っているわ」

「誇ってはいけないこともあると思います！」

「そう言われると、雑学なくなっちゃうわね……」

「どんだけ人に言えないことしてきたんですか……」

「……しょうがない。雑学。私、紅葉知弦は、ボーカロイドでは、ない」

「知ってますよ！」

「残念ながら、キミのことをチッヂチヅにはしてあげられないの」

「別にしてほしくないですし！」

「あとは……そうね。私は、一騎《き》○千には出てないわ」

「だから知ってますって！　確かに出てそうな容姿《ようし》してますけどっ！」

「『おとボク』にも出てないわ」

「ああっ！　知ってますけど、なんか凄い分かる、そのチョイス！」

「そうそう、私、紅葉知弦は、一度ぐらい『お姉さま』と呼ばれたいわ」

「雑学というより、ただの嗜好暴露《しこうばくろ》じゃないですかっ！」

「アカちゃんが同年代でさえなければねぇ」

「気持ちはよく分かります！」

「私って、ほら、百合《ゆり》が似合《にあ》う女よね。奏《かなで》の一件といい」

「自分で自分の過去をいじりますか」

「でも、漫画やアニメと違《ちが》って、あんまり後輩《こうはい》の女の子からアプローチ受けた経験《けいけん》とかないのよね……。なぜかしら」

「危険《きけん》な匂《にお》いがするからでしょう」

「そういうのにも惹《ひ》かれるのが、女の子じゃないかしら」

「危険レベルが高すぎるんだと思います」

「そうかしら。あ、それじゃあ雑学追加。私、紅葉知弦は、とっても安全です」

「逆に怖《こわ》い自己申告！」

「取り扱《あつか》いにさえ注意すれば、私は、とても善良な存在」

「取り扱い間違った時のリスクが、グレム〇ン並に大きいですけどね」

「まあ、一歩間違えば、半径１００キロメートルが死の大地になりかねないのは確か」

「核物質《かくぶっしつ》!?」

「丁重《ていちょう》に扱いすぎても『刺《し》激《げき》がなくてつまらない』と暴走《ぼうそう》してしまうけどね」

「厄介《やっかい》すぎますよ！　某《ぼう》ハ〇ヒさん級に、取り扱いが難《むずか》しいですよ！」

「そんな女を攻略《こうりゃく》しようとするキー君のことは、私、高く評価しているわよ」

「う、嬉《うれ》しいですが、なんか、素直に喜べないのはなぜでしょう」

「キー君なら、世界と私を天秤《てんびん》にかける事態になっても、私を選んでくれそうよね」

「出来ることなら、そういう重たい選択《せんたく》を俺に迫《せま》る事態にしないで下さい」

「雑学。私、紅葉知弦のしでかしたことは、全部キー君が背負《せお》ってくれる」

「そういう認識《にんしき》はやめてほしいんですがっ！」

「主人公って、ビッチなヒロインに振《ふ》り回されてこそ、魅力《みりょく》が出るのよ」

「ビッチとか言わないで下さい！　というか、分かってるなら振り回さないで！」

「キー君……私、存在するだけで世界を滅《ほろ》ぼしてしまう魔女《まじょ》だけど、それでも、貴方《あなた》と生きていたいの！……みたいな展開《てんかい》になりたいわね」

「絶対イヤですよ！　なんで俺と知弦さんの恋愛《れんあい》はいつも過酷《かこく》なんですかっ！」

「あ、これも雑学ね。私とキー君の恋愛は、世界にも確実に一波乱《ひとはらん》ある」

「そんな呪《のろ》いみたいな雑学消えてしまえーっ！」

「あと、私、紅葉知弦は、実は男」

「サラッと衝撃《しょうげき》の雑学！」

「なおかつサイボーグ」

「じゃあ性別とかないじゃん！」

「そして、22世紀から来た、人型ロボット」

「チヅえもん！」

「ちゃらちゃちゃっちゃちゃちゃー。『人体溶解光線銃《ようかいこうせんじゅう》』〜」

「無駄《むだ》に不吉《ふきつ》なアイテムを取り出さないで下さい！」

「雑学。実は私は、キー君を殺すために未来からやってきたのよ」

「衝撃の事実、第二弾《だん》！　俺達の恋愛はハードルがいくつあるんだ！」

「キー君の活躍《かつやく》によって、世界は平和になってしまったから、私はそんな未来を混沌《こんとん》に陥《おとしい》れるために、派遣《はけん》されてきたの」

「むしろターミ○ーターだったんですかっ！」

「表面の皮を剝《む》くと、中身はシュワちゃん」

「技術の進歩すげぇ！　確実に、会長の『着縮み技術』とか応用されてますよね！」

「そんな私でも愛してくれる、素敵《すてき》なキー君」

「勝手に俺の評価が高騰《こうとう》してる！」

「あら、愛してくれないの？」

「当然愛してますが。姿形がなんであれ、俺の惚《ほ》れた知弦さんは知弦さんだし」

つい条件反射気味に答えてしまう。正直な気持ちだったが……よく考えたら、外見じゃなくて、中身がシュワちゃんだ。それはちょっと、出来れば勘弁《かんべん》してほしい。

しかし知弦さんは、満足そうに微笑《ほほえ》んでくれていた。

「……そう。……ん、もういいわ。次の人の雑学に行ってよし」

「ええっ⁉　こんだけ大風呂敷《おおぶろしき》広げて、一切畳《いっさいたた》む気ナッシング⁉」

「ええ。色々満足したから」

知弦さんは、えらくご機嫌《きげん》そうだった。……ひ、酷《ひど》い。俺、完全に弄《もてあそ》ばれているじゃないかっ！　こんな知弦さん……知弦さん……大好きだけどさっ！

俺はもしかしたらドMなのかもしれないという新たな疑惑《ぎわく》が浮《う》かびつつも、他の雑学も仕入れるため、俺は真儀瑠先生に助けを求める。

「先生。先生なら、なにか、それっぽい雑学の一つくらい……」

「おお、あるぞ、雑学」

先生はいやに乗り気だった。……しまった。話を振る人、間違えた。

先生はいつものようにふんぞり返り、自信満々に、荒唐無稽《こうとうむけい》なことを言う。

「実は、私は神様の友達《ともだち》だっ！」

「…………。……あー、はいはい」

また始まった。この人は、よくこんなことを言う。……若干《じゃっかん》本気だから、タチが悪い。

真儀瑠先生は不満そうに俺を睨《にら》んだ。

「なんだ、信じてないようだな、杉崎」

「いや、なんとなくありえそうな気はしますけどね、真儀瑠先生ぐらいになると」

「む、なんか気にくわんな。……他にも、霊能力者《れいのうりょくしゃ》とか多いぞ、私の友達」

「なんか危険《きけん》な思想のコミュニティにでも在籍《ざいせき》してたんですか？」

「まあ、死にたがりとか、殺したがりとかはいたな。今はみんな仲良しだが、うちのメンバー同士のいざこざで、一回世界滅《ほろ》びかけたこともあったし」

「なにその怖《こわ》い集団！」

でも、なんとなく真儀瑠先生にぴったりな気もしてきた。

「で、なんだかんだあって、今じゃ神様の友達さえいる」

「どんな『なんだかんだ』があったら、そういう事態になるんですかっ！」

「んー。……すまん。文庫《ぶんこ》5～6冊《さつ》使わないと、それは説明出来ないな」

「じゃあいいですよ！」

「機会があったら、富士見書房にかけあって、私の体験したあれこれを出版するのもいいかもしれないいな」

「ライトノベルになるような人生経験してんの!?」

「ちなみに、うちの弟も、何度か世界救ったりしてたぞ」

「先生の家は『神〇家族』かなんかなんですかっ！」

「むしろ、『世界平和は一〇団欒《だんらん》の後に』的だな」

「つーかそこっ！　他社オンパレードの例《たと》えはやめろっ！」

深夏にツッコまれてしまった。仕方ないので真儀瑠先生にかまうのはやめて、代わりに深夏に雑学を出してもらうことにする。

「深夏の雑学は……って、あ、俺、一つ知ってるわ」

「ん？　なんだよ、急に」

深夏が怪訝《けげん》そうに表情をしかめる。俺は、満面の笑《え》みで告げてやった。

「深夏は、髪《かみ》を解《ほど》くと別人」

「なんか、ビミョーに気に障《さわ》るんだが」

「勿論《もちろん》、普段《ふだん》から可愛《かわい》いけどなっ！」

「どうしてだろう。お前に容姿《ようし》褒《ほ》められると、嬉《うれ》しさより嫌悪感《けんおかん》の方が大きいわ」

「あ、もう一つあった。深夏雑学。深夏の子供の頃《ころ》の夢《ゆめ》は、お嫁《よめ》――」

そこまで言ったところで、痛烈《つうれつ》なアッパーカットが見事《みごと》に俺の顎《あご》に決まった。見事すぎて、怪我《けが》一つないぐらいだ。……すげぇ脳震盪《のうしんとう》気味だが。

「く……どうせあの会議を小説化したもので、既《すで》にバレていることだろうに……」

「うるせぇ！　そうだとしても、何回も持ち出されるのはイヤなんだよ！」

「仕方ないなぁ。……じゃ、他に何か自分で雑学出せよ」

「う……そう言われてもな」

深夏はそう言って、腕《うで》を組んで悩《なや》み始める。数秒して、真冬ちゃんが「お姉ちゃんは常識人ですし、それに、裏とか表とかも無いですから、こういうのは難《むず》しいかもですね……」と俺にフォローのようなものを入れてきたが……その瞬間、なぜか深夏はムキになって「そ、そんなことねーよ！」と前のめりになった。

深夏の急変に目をパチクリしていると、深夏は、俺の目をしっかりと見て喋《しゃべ》り出す。

「あ、あたしはなっ！　ほら、えーと……」

「深夏。別に無理して出す必要は――」

「む、無理じゃねーよ！　あたしだって、普通《ふつう》じゃない秘密の一つや二つあるぞ！」

「そ、そうか？」

……どうも深夏は、前のことを引き摺《ず》っているようだ。勢いよくまくし立ててくる。

「あたしの雑学！　あたしには……実は妹がいる！」

「真冬の存在《そんざい》って隠《かく》されていたの!?」

真冬ちゃんが驚《おどろ》いていた。深夏は、どんどんおかしな方向へと暴走《ぼうそう》していく。

「しかも血が繋《つな》がってない」

「ええっ!?　雑学どころじゃない衝撃《しょうげき》だよ！　お姉ちゃん!?」

「それでも愛情を注《そそ》ぐあたしって、かっこよくね？　って話」

「かっこよくないよ！　むしろ、こんなところでその事実を暴露《ばくろ》する精神が最悪だよ！」

「でも真冬は、自分を実の妹だと思い込んでいる」

「数秒前までね！」

「たまにバレそうにもなるけど、その度《たび》に、あたしは得意《とくい》の妹洗脳技術で対応しているんだぜ」

「お姉ちゃんは本当に真冬のこと、愛してくれてるんだよねぇ!?」

「更《さら》に雑学。真冬は、半魚人《はんぎょじん》。シャケの父《とう》さんと、母《かあ》さんの間に生まれた子」

「それならせめて人魚と言ってほしいかもっ！　そして、もはやそれは真冬の雑学！」

「でも大丈夫《だいじょうぶ》。あたしの洗脳技術で、真冬は人として生きているから！」

「真冬の人生、すっごい欺瞞《ぎまん》に満ちているね！」

「そして最後の雑学。今言った全《すべ》ての雑学は、嘘《うそ》！」

「分かってるよ！」

「……ということに、真冬の中では、しておく。あたしの洗脳技術で」

「ええっ⁉」

そう言うと、深夏は真冬ちゃんの耳元でなにかぶつぶつと呟《つぶや》き始めた。途端《とたん》、真冬ちゃんの目がとろんとし、そして……。

「……はれ？　はわわ、真冬、会議中なのになんか寝《ね》てしまっていました！　ごめんなさいです！　えと、確か、紅葉先輩が雑学語り終わったところですよね！」

『…………』

皆《みんな》、深夏にドン引きだった。しかし深夏は「どうだ、見たか」と言わんばかりに、すっかり自信を取り戻《もど》し、胸を張っている。……俺はひっそり、メモをとっていたルーズリーフに「雑学。深夏の洗脳技術は、超能力《ちょうのうりょく》レベル」と書いておいた。

しかし、これだけじゃ話にならないので、俺はもう少し深夏に質問することにする。

「で？　真冬ちゃんじゃなくて、深夏の、何か公《おおやけ》にされてない雑学は無いのか？」

「そうだなぁ。ああ、公式じゃねーけど……」

「ん？　なんだ？」

「剣道《けんどう》世界チャンピオンと、チャンバラごっこして勝った。七歳《さい》の時」

「戦いの申し子かっ！　っていうか、剣道やれよ、お前！」

「やだよ。あんま得意じゃねーし」

「不得意ジャンルだったの!?」

「そうそう、その時は、利《き》き腕《うで》の右手じゃなくて、左手でやったしな」

「なにその王子様的演出《えんしゅつ》！　剣道世界チャンピオン、精神ダメージ大きすぎるわ！」

「そういえば、ボクシング世界チャンプに街《まち》で絡《から》まれた時、一撃《いちげき》でＫＯしたこともあったわ」

「お前こそ人間じゃないんじゃないかっ!?」

「そんなことねーよ。こんなあたしでも、苦手《にがて》なスポーツぐらいあるんだぜ」

「そうなのか？」

「ああ。ドッジボールとかな。なぜかあたしが投げると、そこで試合が中止になっちまう。救急車呼ぶから」

「相手重傷《じゅうしょう》っ!?」

「バレーも、アタックすると、人を避《さ》けて撃《う》っても床《ゆか》とボールが駄目《だめ》になるから、怒《おこ》られて中止になる」

「Z戦士かっ！」

「逆に、得意なのはテニスだな」

「？　そうなのか？　イメージないんだが」

「あれは、とある漫画《まんが》のおかげで、あたしがどんな必殺ショット撃っても受け容《い》れられるからな、最近」

「あの漫画を再現するような球《たま》撃てるんだ……」

「あたしのは１０９式まである」

「超《こ》えてる!?」

「サッカーも好きだ。小学生の頃《ころ》は、よくブラジル代表を十一人抜《ぬ》きしたもんだ」

「幼《おさな》い頃のお前は、なんか遠慮《えんりょ》無い分凶悪《きょうあく》だな」

「あの頃は、『ボールは兵器！』が合言葉《あいことば》だった」

「翼《つばさ》君より、むしろコ○ン君の考え方に近いな」

「野球は若干苦手《じゃっかんにがて》だ。あたしがピッチャーやると、キャッチャーが泣くし」

「泣くんだ」

「プロでも」

「どんなえげつない威力《いりょく》のボール投げてんだよ」

「バッターやると、バットは金属製《きんぞくせい》じゃないと折れるし。金属製でも、欠《か》けるし」

「確かにチームにはいてほしくない人材かもしれん」

「ボーリングはホント苦手だ。二度とやりたくない」

「？　それまたどうして」

「八歳の時、ピン倒《たお》せばいいだけの単純《たんじゅん》なルールだっていうから、張り切って、ノーバウンドでストライクしたら、機械が大破してすんごい怒られた」

「絶対サ○ヤ人だろう、お前。本当に真冬ちゃんと血繋《ちつな》がってないだろう」

「ええっ!?　真冬、お姉ちゃんと血繋がってないんですか!?」

俺の発言に、一連の記憶《きおく》を失っている真冬ちゃんが、過剰《かじょう》な反応《はんのう》をしていた。……め、面倒臭《めんどうくさ》い。俺は真冬ちゃんをテキトーにあしらいつつ、「結局」とまとめに入る。

「深夏の雑学は、こういうスポーツ関連のあれこれでいいか？」

「他にも沢山《たくさん》隠《かく》された能力はあるけどな。それはまた今度明かすよ」

「いや、それは一生しまっておいてくれ」

俺はルーズリーフに今聞いた話と、勝手に「深夏は数学が得意」もつけたして、記しておく。

俺がメモを取り終えたのを見て、真冬ちゃんが「次は真冬ですね」と話しかけてきた。

俺は「椎名真冬の雑学」と項目《こうもく》を作る。

「真冬ちゃんは私生活に謎《なぞ》多いから、結構雑学ありそうだね」

「そうですか？」

「うん、半魚人だし」

「半魚人⁉　なんで⁉　どうしてそんなことになっているんですか⁉」

「あ……。……いや、なんでもない。今の真冬ちゃんに、言うべきことじゃなかったね」

「な、なんですかその気になる伏線《ふくせん》！　なんで先輩《せんぱい》が真冬の生《お》い立ちを隠《かく》しているんですかっ！」

「真冬ちゃん、あんまり詮索《せんさく》しない方がいーよ？」

「なんで会長さんまで⁉」

「真冬ちゃん。人には、知らない方がいいことっていうのもあるわ」

「紅葉先輩まで！　せ、生徒会は真冬に何を隠しているのですかっ！」

「真冬。…………。……ほら、今はこれだけで満足してくれ」

「お姉ちゃん？……って、なにこの、シャケの写真……」

「……大事にしろよ」

「なんで!?　どうしてシャケの写真を大事にしなきゃいけないの!?」

「こら真冬！　ぞんざいに扱《あつか》っちゃ駄目《だめ》じゃねーかっ！　いつか、その写真が真冬の心の拠《よ》り所《どころ》になる日が、きっと来るから！」

「来ないよ！　シャケの写真見て感慨《かんがい》深くなる状況《じょうきょう》が分からないよ！」

「いいから、しまっておきなさいな」

「ああっ、お姉ちゃんが、お小遣《こづか》いをこっそりくれるおばあちゃんみたいな慈愛《じあい》に満ちた顔をっ！」

　すっかり真冬ちゃんが混乱気味だが、俺は強引《ごういん》に話を進める。

「とにかく。真冬ちゃんも、何か雑学を出してくれ」

「ま、真冬、今それどころじゃない気がするんですが……」

「今は会議の時間だよ」

「う。……し、仕方ないですね。んーと、えーと……真冬は……」

真冬ちゃんはしばし可愛《かわい》らしく腕《うで》を組んで考え、そうして、ぽんと手を打つ。

「雑学です。真冬、動画投稿《とうこう》サイトでは『神』とされる、凄腕《すごうで》MAD製作者です」

「そうだったの!? 相変わらずインドアのエキスパートだね！」

「あと、有名アニメ主題歌を歌ってみて、一部では熱狂《ねっきょう》的信者を獲得《かくとく》しています」

「しょこ○ん並《なみ》のマルチな才能！」

「とあるネトゲでは、『瑠璃《るり》色《いろ》の堕天使《だてんし》』という二つ名がつく伝説《でんせつ》のプレイヤーです」

「ああ、なんか凄《すご》いんだけど、どうしてこうも尊敬《そんけい》しづらいのだろう……」

「そして真冬の昔作ったHPは、ネット環境《かんきょう》ある人なら一度は通ったことあると思います」

「最早《もはや》検索《けんさく》サイト並!?」

「アフィリエイトで荒稼《あらかせ》ぎしたお金を、趣味《しゅみ》に使っていたんです」

「な、なんか真冬ちゃん、意外と大物だよね……」

「昔《むかし》は超《ちょう》一流デイトレーダーとしても名をはせましたが、今は引退《いんたい》しました」

「もう、インドアだけじゃ説明できないよね、その才能」

「同人誌も描《か》きますが、趣味《しゅみ》なので、売りません。親しい人にだけ配布《はいふ》しています。一部では幻《まぼろし》の作品として、高値《たかね》で取引《とりひき》されているようです」

「姉とは違《ちが》った才能の塊《かたまり》なんだね……」

俺の中では「会長に負けず劣《おと》らず駄目《だめ》な子」の印象だったのに。とある方面では、これほどの実力者だったとは。

なんか真冬ちゃんは、知れば知るほど……親しくなれば親しくなるほど、意外な一面がボロボロ出てくるなぁ。

俺のフクザツな気持ちを孕《はら》んだ視線《しせん》に気付いたのか、真冬ちゃんは上目遣《うわめづか》いにこちらを窺《うかが》ってくる。

「えと……あの、先輩。もしかして……失望とか、されてしまいましたか？」

どこかシュンとした様子の真冬ちゃん。当然俺はそんなつもり一切無かったので、慌《あわ》てて手をぶんぶんと振《ふ》る。

「そんなことないよ！　何があっても、真冬ちゃんのことは大好きだよ！」

「そうですか？　でも……先輩は、最初真冬のこと、大人《おとな》しくて弱々《よわよわ》しい子だと思ったから、気に入ってくれたんですよね？」

「？　そりゃ導入《どうにゅう》はそうだけど……」

「ですよね……」

ちょっと落ち込む真冬ちゃん。……なんだ？　どうして今、このノリでそんなにシリアスな表情をするんだ？

俺《おれ》はよく分からなかったが、好きな女の子が自分のせいで落ち込むなんてことは、あってはならない。俺も真面目《まじめ》に返すことにした。

「何を気にしているのか分からないけど。俺は別に、『真冬ちゃんらしい』っていうことが、大人しくて弱々しいことだとは思ってないし。だから、その要素だけが好きで、真冬ちゃんにアプローチしているわけじゃないよ？」

「……真冬の変な趣味《しゅみ》を知っても、変わらず好きですか？」

「変なこと言うな、真冬ちゃんは。知弦さんにも言ったけど……なめてもらっちゃ困るよ。俺の『真冬ちゃんを好き』っていう気持ちは、そんなことで揺《ゆ》らがないよ？　当然じゃないか」

「そうですか……」

「あ、でも、本当の意味で真冬ちゃんが変わっちゃったら、その限りではないよ」

「？　ど、どういうことですか？」

「俺は、表面的にどんなに変わっても真冬ちゃんを愛せる自信はあるけど。もし真冬ちゃんが、本質から……その優《やさ》しくて強い本質からして全部変わってしまったら、好きでいる自信はないな」

「……先輩《せんぱい》は、意外と厳《きび》しいですね」

「そんなことないよ。俺は、真冬ちゃんが真冬ちゃんらしくいてくれたら、他にどんな秘密があったとしても、全部受け容《い》れるってことだよ」

「そ、そうですか」

真冬ちゃんは少しだけ頰《ほお》を紅《あか》くしながらも、嬉《うれ》しそうに微笑《ほほえ》んでくれた。……すっごく可愛《かわい》かったけど……正直、浮《う》かれる気分ではなかった。どうも、深夏も真冬ちゃんも……なにか、抱《かか》えているんじゃないかと改《あらた》めて思ってしまったから。

と、そんなことを考えていると、唐突《とうとつ》に会長が「むー！」と膨《ふく》れていた。

俺はびっくりして、会長の方へと向き直る。

「ど、どうしたんですか？　嫉妬《しっと》ですか？」

「……うー！」

な、何か凄《すご》い怒《おこ》ってらっしゃる。おかしいな……嫉妬なら、もっと可愛らしい反応《はんのう》するはずなのに。

俺がびくびくしていると、会長は小さく呟《つぶや》いた。

「……って言った」

「へ？」

「ずっと前、私が太ったら、杉崎は見捨《みす》てるみたいなこと言った！」

「…………。……あー」

そういえば、そんなこと言ったな。俺のハーレムは基準が厳しいみたいな話。ジョークのノリだったと思うが……。

会長は、すっかりむくれ顔だ。

「真冬ちゃんは本質さえ変わらなければ受け容れるのに、私は、太っただけで見捨てるんだねっ、杉崎はっ！」

「……確かに、会長の本質って、『ロリ』ですからね。おっきくなったら、本質が揺らいだとも……」

「むきゃー！」

あ、完全に怒ってしまった。ジョークのつもりだったのに。知弦さんが、「キー君……フォロー入れるタイミングぐらい、ちゃんと計りなさい」と、呆《あき》れた様子でこちらを見ている。深夏も真冬ちゃんも、どこか目が攻撃《こうげき》的だ。

ううん……俺の中で会長を見捨てるっていう選択肢《せんたくし》は全く無いからこその、こういうジョークなんだけどなぁ。どうして、この人には伝わらないんだか。

会長は、癇癪《かんしゃく》を起こした子供みたいなことになっている！

「杉崎はクビ！　もう副会長失格！　雑学！　杉崎は人でなし！」

「す、すごい言われようですね」

「雑学っ！　杉崎は、容姿《ようし》だけで女の子を判断《はんだん》する、サイテーナンパヤローだよっ！」

「うっ」

は、反論出来ない！　結構今更《いまさら》な指摘《してき》を、猛烈《もうれつ》な勢いでやられた！

「雑学っ！　杉崎は、史上初めて任期途中《にんきとちゅう》で罷免《ひめん》された副会長だよ！」

「ああっ、そんな雑学は作らないで下さいっ！」

「雑学っ！　杉崎は私のことなんて――」

会長がそう言って机《つくえ》を叩《たた》こうとしたところで。

俺は、彼女の手首を摑《つか》んで、鋭《するど》い視線で彼女を見つめた。

「雑学。俺、杉崎鍵《けん》は、桜野《さくらの》くりむを、誰《だれ》よりも愛しています」

「っ」

しゅぼっと、顔を真《ま》っ赤《か》にする会長。俺はそれでも、真剣《しんけん》に彼女の瞳《ひとみ》を見つめ続けた。

……これぱっかりは流石《さすが》に、たとえ冗談《じょうだん》でも譲《ゆず》れないことだった。

会長が余裕《よゆう》を失ってテンパり、生徒会室がシンと静まり返る中、隣《となり》の深夏が、どこか攻《こう》撃《げき》的に「誰よりも……ねぇ」と呟く。

その発言に、俺はハッと気付き、会長の手をパッと放して、今までのシリアスモードを一転、フォローに取り掛《か》かった。

「い、いや、違う、そういう意味じゃなくて！　誰よりもっていうのは、深夏よりもとか、そういうことじゃなくて！　会長のことを好きな他《ほか》の誰よりもっていうかっ！」

「先輩……。真冬に散々アプローチしておいて、直後には他の女性にプロポーズですか」

「ち、違うよ真冬ちゃん！　っていうか、俺は最初からハーレムを——」

「キー君……ちょっとガッカリだわ。結局、キミは普通《ふつう》にメインヒロインっぽいアカちゃんルートに入るのね」

「知弦さん!?　いえ、そんなつもりは！　俺はハーレム一直線で！」

そうして、メンバーのフォローに回っていると、しかし今度は、さっきまで照れていたはずの会長が額《ひたい》に怒《いか》りマークを浮《う》かべ始めた。

「……私に告白したと思ったら、次の瞬間《しゅんかん》には他の女の子相手に必死なんだね……杉崎」

「も、勿論《もちろん》、会長のことも心から愛して――」

「『も』っていう発言が、もうなんかサイテーなんだよー!」

「わー! 会長がキレたー!」

混沌《こんとん》に陥《おちい》る生徒会室の中、俺は、改めてハーレムルートの道の険《けわ》しさを実感するのであった。

＊

記述者である杉崎が「大変なこと」になってしまったので、ここからは私、真儀瑠紗鳥《さとり》が補足《ほそく》する。

結局、雑学小冊子は今回の会議内容を元にした妥当《だとう》なものに落ち着いた。正直、生徒の誰もまともに読んでなかったみたいだが。

そして。杉崎鍵の項目《こうもく》には、一つだけ、生徒会女性メンバーたっての希望により、雑学が記された。

それは。

「杉崎は、皆《みんな》が思っている以上に、無節操《むせっそう》」

なにを今更《いまさら》という感じではあるが、トータルしてみると、これが一番信憑性《しんぴょうせい》ある雑学だった。

そんなわけで、今回の企画《きかく》は、碧陽学園の女生徒達の、杉崎に対する好感度が一律して大幅《おおはば》ダウンという結果だけを生むこととなったわけだが……。

…………。

失ったものの大きさの割には、得たものは特になかった。

【第四話～リベンジする生徒会～】

「復讐《ふくしゅう》するは、我《われ》にあり」

会長がいつものように小さな胸《むね》を張《は》ってなにかの本の受け売りを偉《えら》そうに語っていた。

……劇画《げきが》タッチの顔で。

「なんだこの新しいテンションの、イヤな導入《どうにゅう》……」

深夏《みなつ》がとても不安そうに顔をしかめている。会長は一人、暗く、暗く、「くくく」と邪《じゃ》悪《あく》に笑っていた。

「生徒がすっかり油断しているこの時期こそ、絶好の好機……」

「アカちゃん、すっかり悪役《あくやく》ね」

「さあ、今こそ私《わたし》の、真の力を見せようではないかっ！」

「会長さんは、毎日全力だったような気がしますが……」

知弦《ちづる》さんと真冬《まふゆ》ちゃんも、会長のおかしなテンションについていけずにいる。

いつまでも会長が邪悪な存在でいられても困るため、俺《おれ》は、「それで」と話を促《うなが》す。

「今日《きょう》の会議は、一体な——」

「放送部の皆《みんな》！　セッティング、かかれぇ——————い！」

『おおおおおおおおぉ！』

世界が、揺《ゆ》れた。

＊

会長「桜野《さくらの》くりむのオールナイト全時空・エバーグリーン！」
杉崎《すぎさき》「ぎゃあああああああああああ！」

♪　オープニングＢＧＭ　♪

会長「皆、元気〜！　メンバーには抜《ぬ》き打ちで始まりました、『桜野くりむのオールナイト全時空・エバーグリーン』！　今回はなんと、放課後、生《なま》でお送りしていきます！　よっちゃん、聴《き》いてる？」

杉崎「よっちゃんって誰《だれ》！　いきなり私物化《しぶつか》ですかっ！　って、ああっ！　異様《いよう》な速《はや》さで放送部がセッティングを終えて帰っていった！　あの真剣《しんけん》な様子！　さぞや酷《ひど》い脅迫《きょうはく》を受けたに違《ちが》いない！」

会長「ライブでも、ゲリラライブって盛《も》り上がるよね！　というわけで、やってみました、ゲリラ放送！　よっちゃん、やほー！」

深夏「だから、よっちゃんって誰だよ！　ゲリラの仲間なのか!?」

会長「なんか、前回の放送は大成功だったハズなんだけど、一部の心無い生徒から『面白《おもしろ》くなかった』なんて意見があったみたいだから。今回は、リベンジよ！」

知弦「リベンジをゲリラでやるのって、どうなのかしら。私達にさえ黙《だま》って」

会長「たくさん考えたんだけど、前回は、サプライズ要素が足りなかったと思うの」

杉崎「あれで足りないんですか……」

会長「やっぱり、女の子がキャーキャー言う場面って、必要だと思うのよ。ほら、声優《せいゆう》さんのラジオでも、収録日が誕生日《たんじょうび》だった子の前に突然《とつぜん》ケーキがっ！　みたいなのあるでしょう」

杉崎「ええ、まあ。ゲリラに襲《おそ》われてキャーキャー言うのは無いですけどね」

会長「よし、これでオープニングはガッチリ摑《つか》んだわ！」

杉崎「こんなんで手ごたえアリ!?」
会長「それでは早速《さっそく》、一曲聴《き》いていただきましょう」
杉崎「ああ、曲の間に、一旦《いったん》落ち着けますね……」
会長「杉崎鍵《けん》で、『もってけ！　セー○ーふく』！　ダンス付きで！」
杉崎「落ち着けねぇえええええええええええええ！」

♪　**音楽が始まったため、杉崎、強制的にダンスと歌数分**　♪

杉崎「（必死でポンポンをふりふり中）」
会長「あ、杉崎もういいよ。飽《あ》きたから」
杉崎「俺、報《むく》われなさ過ぎるわ！」
会長「じゃ、杉崎の歌の間にそろそろ皆落ち着いたと思うし、フリートークしよっか」
知弦「急にそう言われても。ラジオ的な会話ネタなんて、そうそう無いわよ」
深夏「ここは会長さんが会話を主導《しゅどう》すべきなんじゃねーの？」

会長「う……。しょうがないわね。じゃあ、ラジオっぽく……こほん」

杉崎「？　会長？」

会長「昨日川辺《きのうかわべ》の道を散歩していましたら、水遊びをする子供たちを見かけました。もう夏も終わりかなーっと思っていましたが、まだまだ、子供にとっては夏真《ま》っ盛《さか》り、といったところでしょうか。私も彼らから元気を貰《もら》えた、気持ちのいい午後でした」

杉崎「なんですかその不自然にクリーンなトーク！」

会長「えへん。ラジオっぽいでしょう」

杉崎「前回とは方向性真逆《まぎやく》ですねぇ！」

会長「ほらほら、皆も、道端《みちばた》で見かけた花の話とかしようよ」

深夏「そんなセンチメンタルな日常、誰も過ごしてねーよ」

会長「えぇー。……じゃあ、仕方ないなぁ。他の話題にするね。……こほん」

杉崎「まだ話題あるんですか……」

会長「この前、ヨシ坊《ぼう》と一緒《いっしょ》にカラオケ行ったんだけどぉー。ヨシ坊ったら、そこで、ハルちゃんに向かってラブソングとか歌っちゃってー！　あははっ、ホント、楽しかったなぁー！　ミオリちゃんなんか、『やっだー』とか言っちゃってぇー」
杉崎「うっわ、中身の一切無い、しかも登場人物の説明さえない自己満足《じこまんぞく》トーク！」
会長「ラジオっぽいよね！　全部嘘《うそ》だけど」
杉崎「せめて実際にあったこと話して下さいよ！」
会長「実際のこと？　うんとね……じゃあね……」
杉崎「指摘《してき》されるようなことですか……」

会長「昨日の夜は、『もう豆腐《とうふ》にだけは騙《だま》されない』と誓《ちか》いました。おわり」

杉崎「豆腐と何があったんですかっ！　気になるにも程《ほど》がありますよ！」
会長「ううん……どうも軌道《きどう》に乗らないね。皆、実はトーク力低い？」
真冬「会計に、まさかトーク力を求められる日が来るとは思いませんでした」
会長「コーナー行こうか。おハガキを頼《たよ》ろう。パーソナリティが駄目《だめ》でも、ハガキ職人の力でどうにかなっちゃうのが、ラジオのいいところ」

杉崎「そういうことぶっちゃけるの、やめてくれませんか」
会長「じゃあ、コーナー！《杉崎鍵の、『殺すなら俺を殺せ！』》」
杉崎「前回よりエスカレートしてる!?」
会長「もし校内で誰《だれ》かを殺してしまいたくなったり、掲示板《けいじばん》に犯行予告《はんこうよこく》を書き込《こ》みそうになってしまったら、とりあえず、杉崎を狙《ねら》って気を落ち着かせようというコーナーです」
杉崎「そんなコーナー、あってたまりますかっ！」
会長「早速おハガキを読みましょう」
杉崎「応募者《おうぼしゃ》いるんかいっ！」
会長「『生徒会の皆《みな》さん、こんばんぱっぱー』」

杉崎以外『こんばんぱっぱー！』

杉崎「だから、どうして挨拶《あいさつ》の時だけ俺アウェー!?」
会長「『早速なのですが、この前私の一族が里《さと》もろとも壊滅《かいめつ》させられました。炎《ほのお》の中で佇《たたず》む、なんか悪そうな人に。かたき討《う》ちしたいところなのですが、強そうだし、メンドイので、杉崎のアホを殺害することで満足しておきたいと思います。如何《いかが》でしょう？』」

杉崎「駄目《だめ》に決まってるわ！　っていうかとばっちり！　しかもお前、その話絶対嘘《うそ》だろう！　里とか一族とかっ！」
会長「承認《しょうにん》。ぽん」
杉崎「判子《はんこ》押《お》したぁ――――――!?」
会長「さて、続いては……」
杉崎「勘弁《かんべん》して下せぇ～。俺を狙《ねら》う刺客《しかく》を量産するのだけは、勘弁して下せぇ～」
会長「な、泣かないでよ。うざいなぁ」
杉崎「え、俺、勝手に命狙《いのちねら》われた上、うざいとか言われてます？」
会長「杉崎が情けない声を出して気持ち悪いから、コーナー、終わり。……あーあ」

杉崎以外『あーあ』

杉崎「……いくらフェミニストでも、キレていい一線って、あると思うんだよね」
真冬「ああっ!?　先輩《せんぱい》がハーレム王を目指す人とは思えない発言をっ！」
会長「じょ、冗談《じょうだん》よ。冗談に決まってるでしょう、杉崎。ね？」
杉崎「…………。……ちゅーしてくれる？」

会長「『十年来の宿敵《しゅくてき》を殺すための旅にも疲《つか》れたので、杉崎あたりで手を打ちたいと思います』。承認。ぽん」
杉崎「おいどんが悪かったですたい～！　刺客増《ふ》やさんでぇ～！　堪忍《かんにん》や～！」
会長「ふん。杉崎が鼻水垂《はなみずた》らしながら泣き始めちゃったから、次のコーナー」
杉崎「くすん、くすん」

会長「《杉崎鍵の『金なら俺《おれ》が工面《くめん》する！』》」

杉崎「なんで俺の負担《ふたん》ばっかり大きいんだ――――――――――――！」
会長「このコーナーは――」
杉崎「説明するまでもなく却下《きゃっか》ですよ！」
会長「じゃあ、次は、杉崎鍵の――」
杉崎「もうその出だしの時点で却下ですよ！　変なシリーズやめて！」
会長「じゃ、新シリーズ。《崖《がけ》の上の杉崎鍵》」
杉崎「この流れじゃ、不吉《ふきつ》なタイトルすぎるわ！」
会長「なに言っているのよ。某《ぼう》スタジオのアニメっぽいじゃない」

杉崎「……コーナーの内容は？」
会長「ん、崖の上にいる杉崎の肩《かた》を、みんなで小突《こづ》きまくって、スリルを楽しむの」
杉崎「惨《ひど》おぉぉぉぉぉぉぉぉぉぉぉぉおい！」
会長「《風の谷の杉崎鍵》でもいいよ。内容はね……」
杉崎「風の吹《ふ》きすさぶ谷に俺を突き落とすんでしょうねぇ！」
会長「……杉崎、文句多いよ。結局、どれがいいの？」
杉崎「どれもいやですよ！　こんな残酷《ざんこく》な選択肢《せんたくし》を選ばせないで下さいっ！」
会長「仕方ないなぁ。じゃあ、次回からは、《ころけん》だけにするね」
杉崎「可愛《かわい》く略《りゃく》したっ！　《杉崎鍵の『殺すなら俺を殺せ！』》のくせに！」
会長「それではここで　曲聴《き》いていただきましょう」
杉崎「エバーグリーンだからか、曲、多いですね……」
会長「ウィン○ウズの起動音」

♪　起動音　♪

杉崎「曲短《みじか》っ！」
会長「聴《き》いていただきましたのは、ウィンド○ズの起動音でした」
杉崎「なぜ聴かせたんですか……」
会長「む。なんかさっきから私と杉崎しか喋《しゃべ》ってない」
知弦「あ、気付かれちゃったわ」
深夏「とばっちり来ないように大人《おとな》しくしてたっつーのに」
真冬「先輩《せんぱい》、もっと頑張《がんば》って下さいよぉ」
杉崎「だから俺にツッコミ全部丸投《まるな》げしてたのかっ！」
会長「ほらほら、女の子の声がなきゃ盛《も》り上がらないでしょ！　もっと『きゃぴきゃぴ』しようよー」
知弦「きゃぴきゃぴ……私の最も苦手《にがて》とするジャンルじゃないかしら」
深夏「あたしも無理《むり》だ」
真冬「真冬も無理です」
会長「……この生徒会の女子には、元気が足りないわね」
杉崎「会長基準《きじゅん》じゃハードルが高すぎますよ！」
会長「よし、コーナー！『女の子っぽい会話！』」

杉崎「それコーナーと言えるんですか⁉」
会長「このコーナーは、声優《せいゆう》さんのラジオっぽくお送りするコーナーです」
杉崎「声優さんじゃないでしょう」
会長「しばらく杉崎黙《だま》っててね。よし、じゃ、いっくよー！……えと。……お、お料理の話～！」
知弦「…………出来ないわ」
深夏「…………出来ねーな」
真冬「…………出来ません」
会長「こ、この役員達はっ！」
知弦「じゃあアカちゃん出来るの？」
会長「ファッションの話～！」
知弦「…………」
会長「さ、最近買ったファッションアイテムなんかを……」
知弦「ムチ」
深夏「リストバンド」
真冬「コスプレ」

会長「こ、この役員達《たち》はぁっ！　く……じゃあじゃあ！　好きな男性タレントさんとか！」
知弦「いないわ」
深夏「いねーな」
真冬「二次元でいいなら」
会長「女の子らしい会話する気ないでしょう、貴女達《あなた》！」
深夏「そ、そう言われても」
真冬「素直《すなお》に答えているだけですし……」
会長「分かったわ……。テーマが間違《まちが》っていたんだね。じゃあね……うん、これなら大丈夫《だいじょうぶ》でしょう！　お化粧《けしょう》の話！　まさに女の子！」
知弦「しなくても充分《じゅうぶん》だし」
深夏「そういうのガラじゃねーし」
真冬「第一巻第一話参照」
会長「……この生徒会に女子はいないということが、よぉく分かったよ」
知弦「そんなこと言うなら、アカちゃんはどうなのよ。お化粧」
会長「おかーさんのを、こっそり、使ったことあるよ？　えへん」

知弦「……そう。楽しかったわね～」
会長「な、なんで頭撫《な》でるの!?」
深夏「ある意味、女の『子』だな。うん」
会長「な、なんか馬鹿《ばか》にされてる！　うう……こうなったら、お悩《なや》み相談しちゃうよ！
緊急《きんきゅう》コーナー！　『女の子が女の子に相談』！」
真冬「それはコーナーと呼べるのでしょうか……」
会長「ラジオネーム『恋《こい》する乙女《おとめ》』さんからのメール」
深夏「すっげぇテンプレートなラジオネームだな。内容もどうせ……」
会長「『彼《かれ》が戦争で死んでから、もう一年』」
真冬「重いっ！　導入《どうにゅう》が、既《すで》に重いですっ！　真冬達に答えられるレベルを、既に超《こ》えてしまっていますっ！」
会長「『中略。私は、新しい恋に踏《ふ》み出していいのでしょうか？』」
知弦「凄《すご》く端折《はしょ》られているのに、内容は驚《おどろ》くほどハッキリ分かるわね」
会長「よし、ズバッと答えよう！」
深夏「ただの女子高生に、ズバッと答えられる問題じゃねーと思うが」
会長「じゃ、私から回答！　新しい恋に踏み出してよし！　許可する！」

真冬「わ、許可されましたっ！」
知弦「時に、無責任なぐらいの発言の方が、人の心を救うものよ……」
深夏「絶対、そんな深いもんじゃねーだろ……」
会長「よし、次のメール！」
深夏「あっさりすぎるっ！」
会長「ラジオネーム『るーちん☆』さんから」
真冬「また、軽そうなラジオネームというか……」

会長「『若《わか》くして産《う》んだあの子を手放してから、三年』」
深夏「重《おも》ぉぉぉぉぉぉぉぉぉぉぉおおおおおおおおおおおおい！」
真冬「っていうか、このラジオのリスナー、生徒が主《おも》……なんですよね？」
会長「『中略《ちゅうりゃく》。私はあの子に会って、いいのでしょうか？』」
知弦「凄《すご》く物語がバッサリ切られているのに、どうして、内容はそれなりに伝わってくるのかしら……」
真冬「でも、また、真冬達《たち》の答えられるレベルじゃあ……。あ、今回も会長さんがズバッと……」
会長「よし、不可！　会っちゃ駄目《だめ》！」
会長以外『えぇぇぇぇぇぇぇぇぇぇええ!?』
会長「スッパリ解決！」
深夏「いや、スッパリはスッパリでも、そっち方面は流石《さすが》に不味《まず》いだろう！」
真冬「そーですよ！　可哀想《かわいそう》じゃないですかっ！」
会長「皆《みんな》は、会っていいに一票？」
知弦「それ以前に、私達が気軽に答えていい問題では……」
会長「うん。だから、ここに相談するぐらい気持ちが揺《ゆ》れてるのに、会っちゃ駄目なんだよ！　子供のためにもっ！　会うなら、親は毅然《きぜん》としてないとっ！」
知弦「っ！　ふ、深い！　なんかアカちゃんが、深いこと言ったわ！」
会長「って、購買《こうばい》のおばちゃんが言ってた」
深夏「おばちゃんカッケェ――――！」
真冬「大人《おとな》の女です、購買のおばちゃん！」

知弦「……完敗《かんぱい》ね。購買のおばちゃんには」
杉崎「……あのぉ、これ、一体なんのコーナー……」
会長「杉崎は黙《だま》ってててって言ったでしょ！　おばちゃんコーナーの邪魔《じゃま》！」
杉崎「おばちゃんコーナー!?　あれ？　元々は、女の子が可愛《かわい》く喋《しゃべ》るという……」
会長「次回のおばちゃんコーナーも、皆、お楽しみにね！」
深夏「おばちゃんの言葉……また聞きたいぜ！」
真冬「真冬も、いい女になるために、勉強させてもらいます！」
知弦「おばちゃん……只者《ただもの》じゃないわね」
杉崎「いえ、只者ですよ！　普通《ふつう》の購買のおばちゃんだと——」
会長「杉崎、うるさいよ！　もう……すっかりおばちゃんコーナー台無《だいな》しだから、次のコーナー行くよ」
杉崎「ええー……。……ま、でも、俺もようやくちゃんと喋れるな」
会長「あ、真冬ちゃんと深夏はちょっと耳栓《みみせん》しててね。次のコーナーのために」
深夏「すっげぇイヤな予感するけど……はぁ。仕方ねーな」
会長「よし、耳栓したわね。……じゃあ……『定められた一言』コーナー！」

杉崎「なんですか、その、横にカタカナのルビとかつけたら、何かの能力名になりそうなコーナー」
会長「このコーナーは、椎名《しいな》姉妹《しまい》が司会となってフリートークする中、指定された二人はあらかじめリスナーが決めた『一言』しか喋っちゃいけないという、斬新《ざんしん》なコーナーよ」
杉崎「斬新……なのだろうか」
会長「というわけで、今日の担当は……杉崎と、知弦！」
杉崎「また自由に喋れないんですか」
知弦「まあ、楽と言えば楽な役回りよね。思考の必要ないし」
会長「そして、今回の一言は……。杉崎が『テンション上がってきたー！』。知弦が、『それは秘密《ひみつ》』よ。いいタイミングで言ってね」
杉崎「いいですけど……それ、本当に面白《おもしろ》いんですか？」
知弦「それは秘密」
杉崎「あ、あれ？　もう始まっているんですか？」
知弦「それは秘密」
杉崎「………。て、テンション上がってきたー！」

会長「お、杉崎、やる気満々《きまんまん》ね！」
杉崎「テンション上がってきたー！」
会長「よし、そんなわけで、椎名姉妹の耳栓を外すわよ」
深夏「？　もういいのか？」
真冬「えと、よく状況《じようきよう》が分からないのですが……」
会長「二人は、杉崎と知弦を主導して、フリートークしてね。私はここから、黙《だま》るから」

深夏「？　そんなんでいいのか？」
真冬「じゃあ……早速始めようか？」
杉崎「テンション上がってきたー！」
深夏「な、なんだよ。妙《みよう》にノリノリだな、鍵」
真冬「そ、そうだね。えとえと……じゃあ、折角だし、何か質問とかした方がいいのかな。んーと……紅葉先輩は、ラジオとかよく聴《き》くんですか？」
知弦「それは秘密」
真冬「がーん！　真冬達のトークに協力する気、一切ないのですかっ！」
深夏「じゃあ、鍵はラジオとか……。あ、声優さんのラジオとか聴きそうだな、お前は」

杉崎「テンション上がってきたー！」
深夏「もはや『声優』って言葉だけで盛《も》り上がるのかよ、お前はっ！」
知弦「それは秘密」
深夏「なんで知弦さんが答えてんの⁉」
知弦「それは秘密」
深夏「あ、相変わらず謎《なぞ》だらけの人だな……」
真冬「なんか、真冬達だけ頑張《がんば》っている気がするね……」
杉崎「テンション上がってきたー！」
真冬「やる気だけは、凄《すご》く伝わってくるんですが」
深夏「どうもおかしいな……。なんか変な企《たくら》みでもあるのか？」
知弦「それは秘密」
深夏「く……。仕方ねぇな。こうなったら、真冬と姉妹で喋《しゃべ》るしか……」
真冬「そうだね。真冬とお姉ちゃんのコンビネーション、見せてあげようよ！」
杉崎「テンション上がってきたー！」
深夏「変なこと想像してんじゃねえよ！　百合《ゆり》とかじゃねーからな！」
真冬「そ、そうですよ、先輩。真冬の趣味《しゅみ》は、あくまで――」

知弦「それは秘密」
真冬「ええっ⁉　なんで自分のこと語るのも、紅葉先輩に禁止されちゃうんですかっ！」
深夏「なんか変だとは思うんだが、この二人はいっつもこんなだから、これはこれで普通《ふつう》だという気もしてきたな……」
真冬「二人に、何かあったのでしょうか……」
知弦「それは秘密」
真冬「ですよね……。ところで、お姉ちゃんはラジオとか聴《き》く？　夜中はお互《たが》い別々の部《へ》屋《や》で、趣味《しゅみ》をして過ごしてるから、よく知らないんだけど……」
深夏「あたしは、真冬よりは早く寝《ね》るから、あんま深夜ラジオは聴かねーな。まあ、眠《ねむ》れない夜は、子守唄《こもりうた》代わりに聴くぐらいか」
杉崎「テンション上がってきたー！」
深夏「なんでだよ！　今の会話の、どこにそんなスイッチあったんだよ！」
知弦「それは秘密」
深夏「くぁ――――！」
真冬「お、お姉ちゃん、落ち着いて！　拳《こぶし》を下ろして！」
杉崎「テンション上がってきたー！」

真冬「先輩まで戦闘《せんとう》モードですか!?」
深夏「おうおう、鍵。やるってぇのか？　いい度胸《どきょう》だ。このあたしを、誰《だれ》だと思ってやがる！」
知弦「それは秘密」
深夏「誰だと思ってるんだぁぁぁあー！　あたし、誰だと思われてるんだよぉぉお！」
真冬「お、お姉ちゃん、落ち着いて。ほら、深呼吸、深呼吸」
杉崎「テンション上がってきたー！」
真冬「姉を落ち着かせている時に、なんで叫《さけ》ぶんですかぁっ！」
知弦「それは秘密」
深夏「もう、殴《なぐ》る！　知弦さんも含《ふく》めて、こいつら、一回殴る！」
杉崎「テンション上がってきたー！」
深夏「ドM!?」
真冬「ああ、もう、ぐっちゃぐちゃです。このコーナー、いつ終わるんですか……」
知弦「それは秘密」
真冬「パーソナリティなのにコーナーの時間配分も秘密にされるのですかっ！」
深夏「もう、やめだやめだ、こんなコーナー！　やってられっか！」

杉崎「テンション上がってきたー！」
深夏「終わりだっつってんのに、なんでまたエンジンかけてんだよ！　つうか、お前のテンションは何段ギアなんだよ！」
知弦「それは秘密」
深夏「むきゃ――――――――――！」
真冬「お、お姉ちゃんが壊《こわ》れましたっ！　か、会長さん、真冬は、ドクターストップ……いいえ、シスターストップを申請《しんせい》しますっ！」
会長「仕方ないわね。じゃ、コーナー終了《しゅうりょう》。杉崎、知弦、お疲《つか》れー」
杉崎「お疲れ様です」
知弦「お疲れ」
深夏「なんで会長さんとはマトモに喋るんだよ――――――――！」
真冬「……真冬も、もう、杉崎先輩と紅葉先輩が分かりません。結局このコーナー、なんだったんですか……」
知弦「それは秘密」

姉妹『にゃ――――――――――――――――――!』

会長「さて、椎名姉妹が面白い感じに壊れたところで、次のコーナー行こうか」

杉崎「……正直、すげー罪悪感《ざいあくかん》ありますけどね」

会長「そう？　知弦も？」

知弦「それは秘密」

会長「……た、確かに、これは、想像以上にムカつくわね」

杉崎「テンション上がってきたー！」

会長「うん、杉崎は、なんかいつも通りよね」

杉崎「俺ってそんな認識《にんしき》!?」

会長「さてさて、そんなことより次のコーナー。『懐《なつ》かしのメロディ』」

杉崎「わ、なんかすっごいマトモそうですね！」

深夏「あたしと真冬のコーナーとは大違《おおちが》いだ……」

真冬「なんか、ラジオで苦労するのは、いつも会長さん以外だね」

会長「このコーナーでやることはね……」

知弦「それは秘密」

会長「それはもういいよ！　このコーナーは、皆《みんな》が懐《なつ》かしいと思うようなメロディを、どんどんかけていっちゃおうというコーナーよ」
知弦「あら、ホントに普通《ふつう》ね」
会長「それじゃあ、いくよ！　一曲目！」

♪　あいあい　♪

深夏「懐かしっ！　っていうか、『あいあい』っていう言葉の響《ひび》き自体が、なんか懐かしいぜっ！」
会長「ふふふ、好評なようだね、うむうむ」
杉崎「いや、そういう方面の懐メロだとは思ってなかったもんで……」
会長「どんどんいっちゃうよー！」

♪　ぞうさん　♪

知弦「っていうかこれ、アカちゃんがリアルタイムでハマっている楽曲なんじゃ……」

会長「そ、そんなことないよ！　その証拠《しょうこ》に、次はこれだよ！」

♪　**ぼうけんのしょが消えた音**　♪

真冬「いやぁぁぁぁぁぁぁぁぁぁぁぁぁぁぁぁぁぁぁぁぁあ！」
杉崎「ああっ！　なんか真冬ちゃんのトラウマスイッチが入った！」
会長「私はよく分からないんだけどね」
杉崎「人の心を弄《もてあそ》ぶなー！」
深夏「お、鍵、かっけぇ！　そのセリフ、かっけぇ！」
杉崎「お前は妹の心配しろよ！」
会長「ノッてきたところで、次は、これよ！」

♪　**居間《いま》から深夜漏《も》れ聴《き》こえてくる、父と母の罵《のの》りあい**　♪

杉崎「いやだっ！　そんな経験《けいけん》無いのに、なんか、凄《すご》くいやだぁぁっ！」
知弦「このくぐもった感じが、なんとも言えないリアルさを牛み出しているわね」

深夏「父親いた経験無いあたしでも、なんか辛《つら》いものがある！」
会長「畳《たた》みかけるように、最後はこれよ！」

♪　調子に乗ってブランコこいでいたら、誤《あやま》って転落してしまった際の音　♪
全員『うにゃぁぁぁぁぁぁぁぁぁぁぁぁぁぁぁぁぁあ！』
会長「きーこ、きーこ、きー……ずるっ、どがしゃああ！　うぇーん、うぇーん」
会長以外『口でリピートやめてぇ――――――――――――――――――！』
会長「ふぅ。とてもインパクトあるラジオになったわね、うん」
杉崎「かなりの数のリスナーが、チャンネル変えた気がしますが」
真冬「このラジオを好むヘビーリスナーとは、真冬、友達《ともだち》になれないと思います」
会長「《懐《なつ》かしのメロディ》のコーナーでは、封印《ふういん》された記憶《きおく》を無理矢理《むりやり》こじあけてしまうような、インパクトある楽曲を募集《ぼしゅう》してるからね！」
深夏「コーナー名《トラウマメロディ》に変えた方がいいんじゃね？」
会長「と、いうわけで。エンディングトーク＆感想メールのコーナー！」
知弦「やっと終わり……。長かったわね……」

会長「早速お便り！　ラジオネーム『杉崎は俺《おれ》の嫁《よめ》』さんから」
杉崎「誰《だれ》だお前！　ラジオネーム変えろ！」
会長「『今回は杉崎の活躍《かつやく》があまりなくて、寂《さび》しかったです。もっと俺の嫁に出番《でばん》を！
次回は、《ころけん》のスペシャルを是非《ぜひ》！』」
杉崎「お前ホントに俺のファンか⁉」
会長「安心して、杉崎の旦那《だんな》さん！　《ころけん》はどんどんプッシュしていくつもりだ
からね！　また聴《き》いてね！」
杉崎「ラジオに殺される……」
知弦「新しいホラー映画のキャッチコピーみたいね」
会長「次はラジオネーム『伝説のＤＪ』さんから」
深夏「お前がラジオやれよ」
会長「『こんなラジオ……聴いたことねえ！　クールだぜ……お前ら』」
真冬「どこにクールな要素があったのか、真冬には分かりません」
会長「次は、ラジオネーム『唯一神』さんから」
杉崎「お前、三年後ぐらいにそのラジオネーム思い出したら、赤面するぞ」
会長「『僕《ぼく》に言わせれば、このラジオ、まだまだ脇《わき》が甘《あま》いね。全然分かってない。ラジオ

っていうのはそもそも……』と、この後延々《えんえん》と『ラジオのなんたるか』が、すっごく上から語られているわ」
知弦「……この文章も、三年後ぐらいに自分で読むと、いい感じに赤面できそうね」
会長「で、最終的にこの人の中で最高のラジオ番組は『ラヂオの○間』らしいわよ」
杉崎「映画じゃん！　ラジオ番組じゃないじゃん！　確かにアレは面白いけど、コイツにラジオ番組を語られたくはない！」
会長「次でお便り最後。ラジオネーム『十六巻で登場する新ヒロイン』さんから」
会長以外『誰————!?』
会長「『このラジオ、ゲストとか呼ばないの？　有名人とか呼んでくれたら、もうちょっと興味を持てるんだけどな！』とのことで」
杉崎「そんな内容より、俺はキミが誰なのかが気になって仕方ないよ！」
会長「『追伸《ついしん》　杉崎君、愛してる♪　ちゅ♪』……ですって」
杉崎「誰なんだぁ————！　デレデレじゃん！　早く登場して————！」
深夏「しかし十六巻っていうのは、遠いぞ」
真冬「というか、そこまで多分続かないかと……」
杉崎「ちゃんと俺のこと好きなヒロイン————！」

知弦「十六巻……『生徒会の十六夜《いざよい》』で初出かしら」
杉崎「出してやる……十六巻まで、出してやる！」
会長「それより、ゲストよ、ゲスト。呼ぶのも悪くないよね」
深夏「でも、有名人にコネなんて……」
会長「私達の『中の人』呼べばいいのよ、『中の人』」
深夏「誰だよっ、中の人って！」
杉崎「中の人……それは、永遠のミステリー……」
深夏「意味分からねぇしっ！」
会長「んー、有名人さんかぁ。まあ、私が出てる時点で豪華《ごうか》なんだし、やっぱりいいんじゃないかな、出なくても！」
知弦「アカちゃんがそれでいいなら、いいけど」
会長「よぉうし！　エンディングテーマを背景に、まったりトーク！」

♪　弟は白骨化していた　♪

真冬「あ、エンディングテーマはこの不吉《ふきつ》な曲のままなんですね……」

会長「身が引き締《し》まるよね！」
深夏「引き締まるどころか、縮《ちぢ》み上がるけどな」
会長「やー、今日《きょう》は充実《じゅうじつ》してたねぇ。今回はリスナーに頼《たよ》り過ぎないで、コーナーとトークで攻《せ》めてみたけど、うまくいってなにより！」
杉崎「ああ、だから前回よりも更《さら》に酷《ひど》かったんですね」
会長「次回はリスナーと電話を繋《つな》げてもいいかもね！」
知弦「放送事故《じこ》の予感がするわね……」
会長「リスナーも、私のこのビューティフルボイスがたっぷり聴《き》けて、幸福な一時だったと思うわ」
真冬「そういう発言は、必要なのでしょうか……。世の中、言わない方がいいことって、たぁくさんあると、真冬は思うのですが」
会長「真冬ちゃんの趣味《しゅみ》のこととか？」
真冬「にゃっ！……は、反撃《はんげき》されてしまいました」
知弦「ラジオに限っては、アカちゃんの独壇場《どくだんじょう》だからね……」
深夏「容姿という弱点が晒《さら》されないから、やりたい放題なんだろうな」
会長「うっふーん」

杉崎「ここぞとばかりにセクシーな言葉を言おうとしてそのチョイスなのは、致命的《ちめいてき》ですが」
会長「このラジオでしか私を知らない人の中では、きっと、私って、むっちむちのおねーさんだね！」
深夏「そんな勘違《かんちが》いするヤツ、いねーと思うけど」
会長「困ったことあったら、いつでも『くりねえ』に相談するんだよあっはーん」
真冬「語尾《ごび》に『あっはーん』つける人なんて、実際キモイと思います」
会長「生徒会室の前で、出待ちとかしないよーに！」
知弦「すっごく怪《あや》しい注意ね」
会長「ん、残念だけどそろそろお別れの時間のようね……」
杉崎「自分の立場が危《あや》うくなった途端《とたん》、お別れの時間来ましたね」
会長「前回は知弦だったから、今回は真冬ちゃんに締めてもらいましょう」
真冬「びっくりするほど、理由が意味不明です！」
会長「では皆《みな》さん、さよならー！」
杉崎&深夏&知弦『さよならー！』

真冬「ふぇえっ!? 皆さん、ちょ、マイクの電源《でんげん》切らないで下さいよぉ！……はぅっ。真冬、一人です……。一人で、番組の締めです。

えと……こうなったら真冬、語ります。語っちゃいますよ！ 最近のRPGについて語っちゃいますよ！

こほん。昨今《さっこん》、シリーズモノばかりと嘆《なげ》かれがちですが――」

＊

「あ、真冬ちゃん。二十分弱も長々《ながなが》と喋《しゃべ》って貰《もら》ったみたいなんだけど、ラジオ、『シリーズモノばかりと嘆かれがちですが』のところで既《すで》に終わってたみたいよ」

「ええ――――!?」

会長の一言に、真冬ちゃんはショックを受けてうな垂《だ》れてしまっていた。ラジオが終わった後、真冬ちゃん以外全員お茶とか飲んでまったりしていたら、すっかり真冬ちゃんのことを忘れてしまっていた俺達である。

真冬ちゃんが、愕然《がくぜん》とした表情で会長に詰《つ》め寄る。

「じゃあ、真冬のやってたことって……」

「うん、完全に無駄《むだ》っていうか、それ以前に、まともに締めとしても成り立ってなかったし……うーん、なんていうか、最悪？」

「うわぁ――――――ん！」

真冬ちゃんは教室の隅《すみ》でシクシクと泣き始める。会長が失言に気付いて慌《あわ》て、姉である深夏と共に真冬ちゃんを慰《なぐさ》めていた。

そんな光景を横目に見ながら……知弦さんが、「キー君」と声をかけてくる。

俺は真冬ちゃんの使っていた機材を片《かた》しながら、「どうしたんですか？」と応じた。

「キー君知ってたかしら？　今回のこのラジオ、学校内だけじゃなくて、ここの周辺地域一帯でも聴けるようになっているって。そういう意味で、本当はリベンジなんだって」

「？　そうなんですか？　まあ、会長ならそれぐらいやっても……」

「そうね。……ねえ、キー君。話変わるけど。碧陽《へきよう》学園はいい学校だけど……それでも、様々な事情でちゃんと学校に来たくても来れてない子が、やっぱりいるのよ」

「はぁ、なんですか急に。……確かにそれは俺も知ってますよ。以前、会いに行ったりしたこともありましたし」

「そう。キー君は、優《やさ》しい子ね。……それに、アカちゃんも、優しい子」

「？　そんなの、言われるまでも――」

とそこまで言ったところで、知弦さんがさっきまでいじっていた生徒会用ノートパソコンの画面がこちらに向けられる。

そこには、一通のメール。内容や差出人《さしだしにん》は……ここには書かない。書かないけど。

それは、会長が……あの飽《あ》きっぽい会長がもう一回ラジオをやると言い出すには、充分《じゅうぶん》すぎる理由で。

「…………」

「…………」

俺と知弦さんは、その後は何も言わず、機材を片付けた。

こんなアホらしいラジオやるのは、もう、こりごりだ。他の仕事だって、沢山《たくさん》ある。

だけど。

＊

一人で機材を纏《まと》めたダンボールを持って、放送部の部室を訪《おとず》れる。顔見知りの部長に、

俺は、礼を言って荷物を渡《わた》した。

「よ、杉崎。ご苦労さん。お前も大変だったな」

「そうですね。もう、ホントに疲《つか》れます、これ」

「ハハハ、番組作るってのは、すっごい労力使うからな。思い知ったか」

「ええ、そうですね。……でも」

「？　でも？」

俺は、苦笑《くしょう》した。

「多分また、借りに来ると思いますよ」

【謎《なぞ》の原稿《げんこう》】


「マスター。いつものを」

「かしこまりました」

俺《おれ》は手短《てみじか》に注文を済《す》ますと、シガーの端《はし》を切り落とし、愛用のガスライターで火をつけた。ゆっくりと口の中で煙《けむり》を吹《ふ》かし、その香《かおり》と味を楽しむ。

このバーに通い始めて、もう何年になるだろうか。最初の頃《ころ》は何も知らないガキだった俺も、今や、この界隈《かいわい》じゃすっかり有名人だ。どこに居《い》たってしがらみが付き纏《まと》う今となっては、心から安息を得られる場所は、もうここしかない。

シガーを吹かし、ぼんやりと過去に思いを馳《は》せる。

青臭《あおくさ》かったあの頃《ころ》は、今の俺にとってはとても眩《まぶ》しい。なんでも器用《きよう》にこなせるようになり、立ち居振《ふ》る舞《ま》いも落ち着いたが、その分、傷や呪縛《じゅばく》も増《ふ》えた。これが大人《おとな》になる、ということならば、俺は、何も知らぬガキで居たかったかもなと、そんな、どうにもならない願いを抱《いだ》いては、苦笑《にがわら》いする。

いつもの光景。繰《く》り返される後悔《こうかい》と癒《いや》し。消えない傷跡《きずあと》を舐《な》め続ける。

しかし、今日《きょう》はふとバーカウンターの端《はし》に見慣《みな》れぬ女が居ることに気がついた。この街《まち》には珍《めずら》しい、穢《けが》れのないブロンドを持つ女だ。

「マスター」

手馴《てな》れた仕草でマスターを呼ぶ。

「なんでしょう」

「あちらの彼女《かのじょ》に、マティーニを。勿論《もちろん》、俺の奢《おご》りだ」

「かしこまりました」

ガキの頃ならいざしらず、今の俺には下心など何もない。ただ、その美貌《びぼう》に出会えた感《かん》謝《しゃ》を示したにすぎない。

女はハッと驚《おど》ろいた表情をすると、こちらに視線《しせん》を向けた。俺はニッと笑い、あとは余計な口も開かず、視線を戻《もど》す。

しばしの間、シガーの味を堪能《たんのう》することに集中していると、不意に、がたりと隣《となり》の席に誰《だれ》かが座《すわ》る気配がした。

「……さっきは、ありがとう」

「どういたしまして、美しいお嬢《じょう》さん」

美しいブロンドが、そこには居た。俺は彼女に向き合うこともなく、ロックのバーボンを一口飲む。

女は、俺のそんな様子に、口を尖《とが》らせた。

「つれないのね」

「照《て》れているだけさ」

「あら、少しは私《わたし》に興味を抱いてくれているのかしら？」

「キミに興味を持たない男なんて、地球上に存在しないだろうな」

「ありがとう」

「当然のことを言ったまでだ」

女は魅力的《みりょくてき》な笑《え》みをこぼし、俺のグラスにカツンと自分のグラスをぶつけた後、マティーニに口をつけた。

そこから先のことは……語るだけ、野暮《やぼ》ってものだろう。

この腐《くさ》りきった街にしては、なかなかに上等な一夜だった。

「もう行くの？」

「ああ」

朝。シーツだけを巻《ま》いて起き上がった女に、俺は、背中を向けながら答えた。

「名前も……教えてくれないのね」

「お互《たが》い、その方がいい」

「それは、経験上の話？」

「そうだ。年寄りの言葉は、聞いておいた方がいい」

「……そうね。でも」

女は、切なげに俺を見つめる。俺は、構わず支度《したく》を続け、そして、ドアに手をかけた。

いつものことだ。

「また、会えたらいいわね」

女のその言葉に。俺は、振《ふ》り向き、ニッと微笑《ほほえ》む。

「会えるさ、必ずね」

嘘《うそ》だ。世の中、残念《ざんねん》ながらそんなに素敵《すてき》な偶然《ぐうぜん》は多くない。

お互《たが》いそれが分かっていながら、俺達は、微笑《びしょう》を交換《こうかん》した。

「じゃあな」

俺はそう言って、部屋《へや》を出る。

さあ、今日《きょう》も仕事だ。

今日は……。

「ああ、『生徒会の一存《いちぞん》』会長のタスキに載《の》り、表紙撮影《さつえい》』か」

俺は、気だるい体を無理矢理動かし、朝もやの街へと足を踏《ふ》み出した。

作・椎名真冬《しいなまふゆ》
タイトル・『ぬこの日常』

「椎名ぁ～！」

「あ、ま、真儀瑠《まぎる》先生！」

「授業中に何書いているんだ！」

「あう、返して下さい、返して下さい～」

「没収《ぼっしゅう》だっ！　まったく、私のありがたい話を無視するとは……罰《ばつ》として、これは、次の生徒会の一存シリーズで晒《さら》してやるからな！」

「あぅ、そ、それだけはご堪忍《かんにん》を～！　出来心《できごころ》だったんです～！」

「……仕方ない。私も鬼《おに》じゃない。それだけは、勘弁《かんべん》してやるか」

「ま、真儀瑠先生！　ありがとうございます、ありがとうございます！」

「うむうむ、私は、とっても優しくて生徒想《おも》いだからな」

「はいっ！」

「私は絶対に、生徒の信頼《しんらい》を、裏切らない！」

「先生！　真冬……真冬っ、感動です！」

※実行されました。

【第五話～教える生徒会～】

「教育とは、常に生徒に対し平等に、誠実《せいじつ》に為《な》されるべきことなのよ！」

会長がいつものように小さな胸《むね》を張《は》ってなにかの本の受け売りを偉《えら》そうに語っていた。

今日《きょう》は生徒会室で事務仕事をしていた真儀瑠《まぎる》先生（職員室でやれよ）が、ふと視線《しせん》を上げて、会長を見る。

「……なんか、私《わたし》に向かって言ってるか？」

「そうよ！　真儀瑠先生の授業は、特に駄目《だめ》！　変な脱線《だっせん》ばっかりするし！」

会長はもう、先生にさえタメ口だ。……真儀瑠先生相手なら、別にいいけど。

「脱線すると、皆《みんな》、嬉《うれ》しそうじゃないか」

「限度があるのよ！　あと、授業自体も『理解出来ぬなら、死ぬがいい、ゆとりめ』っていう態度じゃない、なんかっ！」

「理解しようともしないヤツに教えても、疲《つか》れるだけだからな」

「教育者として、そういう態度は駄目だと思う！　皆がちゃんと理解出来るまで、粘《ねば》り強く教えてくれるのが、理想の教師――」

「ああ、そうか。桜野《さくらの》は、授業についてこれてないのか」

「っ！」

真儀瑠先生の鋭《するど》い指摘《してき》に、会長は黙《だま》り込《こ》んでしまった。

それを見守《みまも》っていた俺達《おれたち》……知弦《ちづる》さん、椎名姉妹《しいなしまい》、俺は、全員、共通した感想を抱《いだ》く。


『（どっちもどっちだ……）』


真儀瑠先生の授業態度も、ちょっと、普通《ふつう》とは言い難《がた》いし。

会長の無能《むのう》っぷりとか勉強に対するやる気のなさも、それはそれで酷《ひど》いし。

そして……。

「私は、自分についてこれる者だけをみっちり育てていくぞ。……実際、ついてこれてないヤツは、桜野みたいな、なまけている不届《ふとど》き者《もの》だけだしな」

「うっ！　で、でも、そういうのは駄目！　教育者として、失格！」

「なら桜野は、生徒失格だ。学ぶ気がないのだからな」

「にゃ！　い、言わせておけば～！　た、たまに授業そっちのけで語る先生の武勇伝《ぶゆうでん》なんて、誰《だれ》も興味《きょうみ》ないよ！」

「！　なんだと……私の思い出を否定かっ！　誰のおかげで世界が救われたと思っている！」

「少なくとも先生のおかげじゃないよ！　その武勇伝……霊能力《れいのうりょく》やらなにやらしょっちゅう出てくるアレを仮《かり》に事実としても、よく考えると、先生活躍《かつやく》してないし！」

「桜野……お前は、今、言ってはいけないことを言った。私の中の数少ない……七千個しかない地雷《じらい》の、一つを踏んだ！」

「心の中地雷原《げん》だー！」

二人がいがみ合う光景を見つめ、俺達は、悟《さと》る。

『（この二人、相性悪《あいしょうわる》いなぁ）』

よく考えれば当然。どっちも、自己主張が激《はげ》しすぎるのだ。俺達のように趣味《しゅみ》の方面じゃなくて、より酷い「この世界は私のためにある」思想で、かぶっているというか。

そりゃ、ぶつかりもする。喧嘩《けんか》というより、戦争だ。お互《たが》いの思想の実現には、互いの存在《そんざい》が激しく邪魔《じゃま》なのだ。縄張《なわば》り争いだ。……正直、碧陽《へきよう》学園は、どっちの縄張りにもなってほしくないが。民衆《みんしゅう》オール無視《むし》の戦いだが。

そして、案《あん》の定《じょう》、この戦いによって傷《きず》つくのは……。

「いいだろう！　こうなったら、ここにいる生徒会メンバーにでも勉強を教えて貰《もら》え、桜野！　そうしたら、私がいかに教えるのが上手《うま》かったのか、改《あらた》めて気付くだろう！」

「望むところよ！　先生に教えて貰うぐらいだったら、この、変態《へんたい》生徒会に教えて貰う方が百倍ましね！」


『(結局戦争で疲弊《ひへい》するのは、罪《つみ》の無い民衆……)』


なんか、世界のいやな構図を見せ付けられた。……この年でここまで世の理不尽《りふじん》さを理解している高校生って、俺達ぐらいなんじゃなかろうか……。

真儀瑠先生がへそを曲げて、「ふん」と黙り込んでしまう中、会長が俺達に「さあ！」と呼びかける。


「皆、私に勉強を教えて！」

なんか、凄《すご》いバカっぽい言葉だった。なんで自信満々に言ってるんだ、この人。

深夏《みなつ》が、億劫《おっくう》そうに意見する。

「なんか……ちょっと前にも、テスト前勉強したことあったろう、生徒会で」

「あれは、結局テクニックを教えあっただけでしょ。今日は、そうじゃなくて、授業みたいなことをして貰いたいの！　先生より分かりやすく！」

「そう言われてもなぁ」

深夏がぽりぽりと頭をかき、知弦さんに視線をやる。俺と真冬ちゃんも、ちらりと、そちらに視線を向けた。……「教える」ということにおいては、彼女《かのじょ》が適任だ。

知弦さんは俺達の視線を受け、深く嘆息《たんそく》し……しかし、「仕方ないわねぇ」と、この企《き》画《かく》に乗った。やはり知弦さんは、頼《たよ》りになる！

「お願いします、知弦さん」

「真冬からも、お願いです」

「……まあいいけど。私が駄目だったら、あとは、貴方《あなた》達でなんとかするのよ？」

知弦さんはそう俺達に告《つ》げると、会長と向かい合った。

真儀瑠先生が見守《みまも》る中、知弦さんの授業が始まる。

「さて、アカちゃん。具体的には、何が分からな――」

「全部！」

「…………」

知弦さんは、無言で、真儀瑠先生の方へと移動し……そして、彼女の腕《うで》をとって、勢いよく持ち上げる！

「ウィナー」

「ええっ⁉」

会長はショックを受けていたが……当然だ。知弦さんは、嘆息する。

「アカちゃんみたいな子に、何かを教える自信はないわ……」

「だろう、だろう。切り捨てて授業進めて当然だろう」

真儀瑠先生が頷《うなず》く。確かに、末端《まったん》を切り捨てる思想はどうかと思っていたものの……この場合は、激しく仕方ない気がした。っつうか、会長が酷い。よく三年になれたものだ。

しかし、その光景に慌《あわ》てたのか、会長は急に取り繕《つくろ》ってきた。

「ち、違《ちが》う！　全部じゃない！　え、えと……そう！　社会が苦手《にがて》！」

「……ふぅ。仕方ないわね」

知弦さんは、自分の席に戻《もど》り、改めて会長と向かい合う。

「じゃあとりあえず、アカちゃんの学力を測《はか》るのもかねて、ちょっとテストね」

「よしっ！　どーんと、来《こ》い！」

いつも根拠《こんきょ》の無い自信だけはある人だ。

「じゃあそうね……簡単《かんたん》なとこで。７９４年には、日本でなにが起きたかしら？」

「ななひゃく……うー……。……あっ！　なくよ！　なくよだ！」

おお、流石《さすが》にそれぐらいは知っていたか。

知弦さんが、笑顔《えがお》で見守《みまも》る。……うまいなぁ。まずは簡単な問題で、自信をつけさせる算段《さんだん》――。

「『なくよ　ヒトラー　理想郷《りそうきょう》！』」

「どういうこと!?」

「つまり、ヒトラーが、日本に理想郷を作って、泣いた年だね！」

「すっごい歴史歪《ゆが》んだわね、今」

会長の頭脳は、知弦さんの想像を遥《はる》かに凌駕《りょうが》していた。俺と椎名姉妹、そして真儀瑠先生までも、冷《ひ》や汗《あせ》が止まらない。……俺達は今、何を目撃《もくげき》しているのだろうか。

しかし、知弦さんは諦《あきら》めなかった。流石《さすが》親友。会長に、更《さら》なるチャンスを与《あた》える。

「710年は？」

「ななひゃく……あ、なんと！　なんとだ！」

「そう、その覚え方で……」


「『なんと、意外なトリックが！』」


「何があったんだろうね、その年……」

日本を震撼《しんかん》させた密室殺人でもあったのだろう。710年。

「いやー、覚えてるもんだねー。よし、どんどん解いちゃうよー！」

「……ちなみに、今じゃ誤《あやま》りとされてるけど、1192年の有名な語呂《ごろ》合わせは？」

「いいくに！　『いいくにだったね、邪馬台国《やまたいこく》！』」

「そうだね……」

その年に、空前の邪馬台国懐古《かいこ》ブームでも来たのだろうか。おめでたい年だ。

歴史については諦《あきら》めたのか、知弦さんは「それじゃあ」と話題を転換《てんかん》させる。

「地理とかどうかしら」

「どーんと来い！」

だから、なぜ自信満々。

知弦さんが、授業を淡々《たんたん》と進める。日本地図を机に広げた。

「じゃあ、都道府県問題から。ここは？」

北の大地を指差すと同時に、都道府県名を隠《かく》す知弦さん。

「北海道！」

良かった。これ間違《まちが》ったら、俺達、絶望していた。

しかし、会長は、驚異的《きょういてき》な情報《じょうほう》を捕捉《ほそく》する！

「ちなみに、こっちが南海道」

北海道の真ん中に横一文字《いちもんじ》に線を引いて、なぜか南側を指す会長。……俺達の冷や汗が止まらない。

「北半分と南半分で分かれていたのね、この大地」

初耳《はつみみ》だった。会長が、偉《えら》そうにふんぞり返る。

「これを、『北半球と南半球の理論』と、言う」

「言うのですか」

「言う」

こくり。頷《うなず》く。

すっごい自信だった。知弦さんは、ツッコミもせず、授業を進める。

「じゃあ、ここは……」

「TOKIO！」

「間違《まちが》ってないけど、ジャ○ーズ事務所っぽいわね、なんか」

「グローバルな認識《にんしき》よ」

「じゃあ……ここは？」

「えと、うーんと……この島で一番戦力が小さいけど、大逆転《だいぎゃくてん》を狙《ねら》っているところ」

「香川《かがわ》ね。別に、四国の他《ほか》の県と戦争とかしてないから。範囲《はんい》の大きさ＝戦力じゃないから。信長《のぶなが》の野○的視点で見るのはやめましょう」

「がんばれ、香川！」

「大きなお世話ね。さて……じゃあ、ここは？」

「ブラジル」

「うん、なんで日本国内にあるんだろうね。ここは、沖縄《おきなわ》よ」

「ええー、だって、離《はな》れてるじゃん、ちょっと。どんぶらこって」

「別に流れてはいないわ。沖縄の皆《みな》さんにとりあえず謝《あやま》ろうね、アカちゃん」

「う……ごめんなさい」

「じゃあ、ここは？」

「第三新東京市」

「普通《ふつう》に神奈川県《かながわけん》って言おうね。それ、ディープなエヴァファンにしか伝わらないから」

なぜか知弦さんには伝わっていた。

知弦さんは、新たに世界地図を広げる。

「じゃあ世界に目を向けて……。ここは？」

「じゃぱん」

「ん、合ってるけど、サンデー作品みたいな発音ね。じゃあ……ここは？」

「ムー大陸」

「うん、普通に地図上に記されていたら凄《すご》いわよね」

オーストラリアは、ムー大陸らしい。

「では、ここは？」

「む、難《むずか》しいね。ちょっと待って。今、語呂《ごろ》合わせ思い出すから」

「語呂とかあるの？　地図に？」

「あ、分かった！　『運命をも貫《つらぬ》くこの鋭《するど》き一撃《いちげき》で灰燼《かいじん》と帰すがいい！』だから、チリ！」

「合ってるけど、そんな覚え方されたら、チリの人も可哀想《かわいそう》ね」

「よし、どんどんいくよー！」

「……はぁ。じゃあ……ここは？」

「S○NY」

「アメリカよ」

凄い国土を持った企業《きぎょう》だった！

「……流石に、ここなら分かるでしょう。ここは？」

「ペンギンさんの国」

「南極ね。……でも、その認識はちょっと好きだわ」

知弦さんは、会長を愛《め》でるようにナデナデしていた。……なるほど。こうやって甘《あま》やかされて、会長の学力はみるみる低下&勘違《かんちが》いが増加していくのか……。

知弦さんは会長の頭を撫《な》でながら、俺達に視線で「私には無理だわ」と信号を送ってくる。俺と姉妹は顔を見合わせ……そして、壮絶《そうぜつ》な譲《ゆず》り合いの末、一番眼力が弱かった真冬ちゃんへと、白羽の矢が立った。

真儀瑠先生が「ほら、ばんばん授業してみろー」と促《うなが》すので、仕方なく、おずおずと真冬ちゃんが会長と向き合う。

「えと、じゃあ、前回と同じく、真冬は国語を教えます」

「もうシナリオがどうこうとかは、やだよ？」

「はい……。……流石に、ここで真冬まで趣味《しゅみ》に走ったら駄目《だめ》そうなことぐらい、よぉく分かってますよ……」

　真冬ちゃんは、とても空気の読める一年生だった。

「じゃあ、紅葉先輩《あかばせんぱい》と同じく、家庭教師みたいに、会長さんに問題を投げかけつつ教えていきますね」

「うん、いつでもＯＫ！」

「じゃ、まずは漢字の読みでも」

　そう言って、真冬ちゃんはルーズリーフを取り出し、喋《しゃべ》りながら文字を書く。

「《将軍》。これは、なんと読むか分かりますか？」

「ばかにしちゃだめだよ！　ショーグンだよ！」

「あ、正解です。うん……普通《ふつう》の読みは大丈夫《だいじょうぶ》そうですね」

「もちのろん！」

　なぜか返しが古かった。そこで減点したい。

「じゃ、次は難《むずか》しいですよ。《流石》。小説でもよく出ますよ」

「むむ！……これは、漢字検定《けんてい》一級クラスだね……」

絶対違《ちが》う。

会長は、たっぷりと唸《うな》った末、「わかった！」と叫《さけ》んで、回答。


「ストーンストリーム！」


「なんで魔《ま》法《ほう》の名前みたいに⁉」

「小説でもよく出てくるって言うから……」

「いや、カタカナのルビみたいなことじゃないですよ！　これは、『さすが』です！」

「まあ、そうとも読むよね」

「ストーンストリームは正解の一種じゃないです！」

「ほ、ほら、次行こうよ！」

「し、仕方ないですね……。じゃあ、《五月蝿い》」

「むむっ！」

「ヒントは、会長さんです。会長さんを、的確《てきかく》に表していると思います」

真冬ちゃん、相変わらず地味に酷《ひど》かった。……その通りだけど。

「私……私を表す言葉……そ、そうかっ！　分かったわ！」

「なんです？」

「ぜんちぜんのう」

「…………………。………正解」

「わーい！」

おい、そこの後輩《こうはい》ちょっと待て。……ちなみに正解は、『うるさい』だ。

「さて次の問題です。《五月雨》」

「！　ま、また五月！」

「五月には、不思議《ふしぎ》が一杯《いっぱい》です」

「五月……なんて奥《おく》が深いの……」

いや、別に五月自体に特殊性《とくしゅせい》はないと思うけど。

「ヒントは、天気です」

「天気……。そうかっ！　分かったわ！」

「では、答えをどうぞ」

「ハルマゲドン」

「それも天気の一種ですか!?」

「うん、五月によくあるよね、ハルマゲドン」

「毎年大変ですね、五月！　正解は、『さみだれ』です！」

「さみだれ。さみだれ。さみだれ？……さみ、だれ？」

「きみ、誰《だれ》？　みたいに言われても」

そもそも、五月雨を知らなかったみたいだ。真冬ちゃんは気を取り直して、授業を再開する。

「もう、漢字はいいです。でも文章問題は……ちょっと手間ですし。……よし、ここは、物語の感想とか、言って貰《もら》いましょう。作者の伝えたいことを、ちゃんと、受け取れているのか。そういうところを」

「でも、真冬ちゃんの課題だから、どうせ……」

「いえ、今回は趣味《しゅみ》に走らないです。会長さんのレベルは、『駄目《だめ》だこいつ……早くどうにかしないと……』って感じですので、そんな余裕《よゆう》はないのです」

「なんか私、今、二歳《さい》下の後輩《こうはい》にすっごいこと言われなかった？」

「とにかく、感想を貰います。じゃあ……簡単《かんたん》なところで、童話とか。『浦島太郎《うらしまたろう》』からは、会長さんは、どういう感想を得ましたか？」

　これは、うまい出題かもしれない。勧善懲悪《かんぜんちょうあく》ものと違《ちが》って、浦島太郎は、ちょっとオチが特殊《とくしゅ》で受け取り方も人それぞれだ。深いことを語ろうと思えば、結構色々手はある。感想そのものよりは、どこまで会長が深く考えるかがポイントなのだ。

　会長は「ふむぅ」と腕《うで》を組んで思考。たっぷり一分ほど悩《なや》み……そして、答えを出した。

「カメさんをいじめちゃ、め！」

「…………」

　凄《すご》い序盤《じょばん》で結論出された。真冬ちゃんは一瞬呆然《いっしゅんぼうぜん》としたものの、慌《あわ》てて授業を再開する。

「いや、あの、それはそうなんですが……。出来れば、浦島太郎さんのことについても」

「浦島太郎について？　ううん……なんか、珍《めずら》しい苗字《みょうじ》だよね」

「そういうことじゃなくてですね。その、物語のオチとかに関しては……」

「オチ？　うんと……私的には、２１３キロバトルってところ」

「爆笑《ばくしょう》オンエ○バトルの基準《きじゅん》で測《はか》らないで下さい！」

「じゃあ、中笑い」

「レッドカー○ットも駄目《だめ》です！　そういうことじゃないです！」

「7、6、6、5」

「ファ○通のクロスレビュー方式もやめて下さい！　しかもなんか総《そう》じて辛口《からくち》！」

「ちょっと、ツッコミにキレがないよね」

「キレ以前に、ツッコミとかがいませんし！」

「乙姫《おとひめ》役の声が、新人俳優《はいゆう》を起用したせいで、棒読《ぼうよ》みなのがなぁ」

「なんの媒体《ばいたい》での浦島太郎を評価しているんですかっ！」

「作画も、第二期から崩《くず》れ気味《ぎみ》だったし」

「作画!?　第二期!?」

「アニメオリジナルの新キャラ、『マリアンヌ』は、サブヒロインとして弱かったよね」

「え、今、浦島太郎の話ですよね、これ」

「うん。浦島太郎・ジ・アニメーションの話。劇場版《げきじょうばん》も含《ふく》む」

「真冬、そんなの知りませんっ！　インドアのプロですけど、そんなの聞いたこともないです！」

「あ、真冬ちゃんは原作派《げんさくは》なんだね。私は原作見てないから、原作ブレイカーなあの内容

でも、最後まで見れたよ」

「原作ブレイカーだったんですかっ！　じゃあ、真冬の考えている浦島太郎と大きく食い違《ちが》っている可能性大です！」

「あれ？　そうなの？　私の言ってるのは、乙姫が記憶喪失《きおくそうしつ》になって、太郎が再会した時には他の人と結婚《けっこん》していて、太郎は諦《あきら》めるんだけど、ある時乙姫の記憶が戻《もど》って、今の旦《だん》那《な》さんと太郎の間で揺《ゆ》れたりするやつだよ」

「そんな韓流《はんりゅう》を盛《も》り込《こ》んだのは、最早《もはや》浦島太郎じゃないです！」

本気で原作ブレイカーだった。……っていうかそのアニメの製作者、なぜ原作に浦島太郎を選んだのだろう。謎《なぞ》だ。

「……じゃあ、駄目《だめ》だね、この感想言っても」

「そ、そうですね……」

真冬ちゃんは、げっそりしていた。……会長、熱しやすく冷めやすい性質のせいで、たまに妙《みょう》に偏《かたよ》った知識持ってたりするからな……。厄介《やっかい》だ。

どう見ても、真冬ちゃんはもう戦闘不能《せんとうふのう》だ。妹の惨状《さんじょう》を見かねたのか、深夏が「仕方ねぇ」と、真冬ちゃんから教師役を受け取った。

「よし、会長さん。あたしが、数学を教えてやるよ」

「あ、深夏、数学得意だったんだよね！　よろしく！」

「うむ。じゃあ……そうだな。どうも今までの流れを見るに、会長さんは、重要な基礎《きそ》がごっそり抜《ぬ》けちゃっている傾向《けいこう》にある」

「そ、そんなことないよ！」

「というわけで、まずは、九九を暗唱《あんしょう》してもらおうか！」

「！　ば、馬鹿《ばか》にしちゃいけないよ！　九九ぐらい、夕飯前《ゆうめしまえ》だよ！」

朝飯前には出来なかった！

「じゃあ、言ってみてくれよ」

「いいよ！……いんいちが、いち。いんにが、に。いんさんが……」

会長は、九九を律儀《りちぎ》に一の段から暗唱し始める。当然のように、一の段はクリア。流石《さすが》にこれは会長をなめすぎていたかと思っていたが……本番である、二の段から、様子がおかしくなった。

「にいちが、に。にーにが…………。……にぃにぃが、死」

「なんか、今、お兄《にい》さん死ななかったか!?」

「？　なに？」

「い、いや……わ、悪《わり》ぃ。続けてくれ」

「??　えと、にぃにぃが死。……兄さんが、ろくでもない」

「やっぱり、お兄さんに何かあったよなぁ!?」

「??　さっきから、なに言ってるの、深夏。私の九九の覚え方に、何か問題でもあるの?」

会長は、全然気付いてないようだ。……なんか一連の兄に纏《まつ》わる不気味《ぶきみ》な設定《せってい》は、会長の中では自然なものらしい。それでも、一応ちゃんと計算は成り立っているため、深夏は「いや、なんでもねぇ……」と、引き下がった。

会長は、先を続ける。

「えと、兄さんが、ろくでもない。……妊娠《にんしん》が、発覚」

「…………にしが、はち。それが、ちょっと変わっただけだ、うん」

深夏がぷるぷる自分に何か言い聞かせながら、ツッコマないようにしていた。

「にーご、じゅう。にろく、じゅうに。にしち、じゅうし。にはち、じゅうろく」

順調だ。……やっぱり、今までのは、ちょっとした聞き間違《まちが》いとか、言い間違い……。

「肉、重要」

「今、肉重要って言ったよなぁ!?　最早《もはや》、計算になってなかったよなぁ!?」

「?　なによ、深夏」

「会長さん！　2×9は？」

「十八でしょう？」

「……く。……なんでもねぇ。続けてくれ」

「？　おかしな深夏ね。えと……さんいちが、さん。さんに、ろく。……サザンクロス」

「…………」

深夏が、自分の太ももをぎゅっとつねっていた。……耐《た》えてる！　ツッコむの、耐えてるよ、この子！

「三枝《さえぐさ》が、師匠《ししょう》。産後、駐屯《ちゅうとん》。さぶろく、懲役《ちょうえき》十八年。さんしち、にじゅーいち」

「ああ……もう、正解の方が少なく……」

その後も、会長の妙《みょう》な九九暗唱は続く。

「新一が、死。死人が八。資産、銃《じゅう》に。四肢《しし》、注目。死後、移住」

「なんか、かなりの確率で物騒《ぶっそう》なんだが……」

「……誤算《ごさん》、週五。五指に銃。すごろく、参上《さんじょう》」

「五の段にて、遂《つい》になんか参上したぞ」

「ろくに、職にもつかずに。奥《おく》さん、十八なんですって。ロックシンガーに純真捧《じゅんしんささ》げているんですって。老後も散々ご苦労されそうね」

「なんか、もう、会話になってるし！　そして、正解とかけ離《はな》れているし！」

「七三分けって、二十一からよね。死地に親戚《しんせき》が二十八人。七五三、十五」

「最後のは数字だけなのに、意味が分からない！」

「発破《はっぱ》、六十四人に被害《ひがい》。はっくしょーい！」

「ただのくしゃみかよ、もう！」

「そして、最後は『くく、八時、祐一《ゆういち》を殺す』」

「最終的に犯行予告《はんこうよこく》だ！　全国の祐一君、逃《に》げてぇー！」

「どう！　完璧《かんぺき》でしょう、九九！　私、オリジナル！　覚えやすい！」

「ああ……その文章をちゃんと覚えている会長さんの頭脳は、確かに、評価に値《あたい》するかもしれねぇ」

深夏が、わけの分からない汗《あせ》を拭《ぬぐ》っていた。……俺や真冬ちゃん、知弦さんも、変な汗が止まらない。この人の頭脳は……脅威《きょうい》だ。

深夏は、切り口を変える。

「じゃあ、もう、普通《ふつう》に問題出すよ。簡単《かんたん》なの。小学生でも解《と》けるようなの」

「ふふん、そんなの、夜食前《やしょくまえ》だよ！」

そろそろ能力《のうりょく》の限界っぽかった！

「じゃあ……タケシ君は、千円札を持って、コンビニに買い物に行きました」

「待って！　タケシ君は、七十二歳《さい》と想定していいのかしら？」

「なんでだよ！　普通《ふつう》に小学校低学年ぐらいの設定だよ！」

「あ、そうなんだ。うん、わかった、続けて」

「……その情報、全く関係ねぇんだが……。とにかく、千円持って、買い物に――」

「待って！　その千円は……だ、誰《だれ》の、千円なの？」

「誰のって……普通に、お小遣《こづか》いだよ」

「小学校低学年で千円は……。……ちょっと、非行《ひこう》の匂《にお》いがするわ」

「面倒臭《めんどうくさ》いなぁ、もう！　じゃあ、五百円でいいよ、五百円！」

「ならよし」

「……タケシ君は、五百円持って、コンビニに行きました」

「時速何キロで？」

「そういう問題じゃねーから！　そこの情報、いらないから！」

「タクシーに乗ったと想定したら、五百円じゃ、足りないわね」

「なんで小学校低学年のタケシ君、コンビニまでタクシー利用すんだよ！」

「最近の子は、足腰《あしこし》弱いから……」

「ああ、もう、面倒臭いなぁ！　移動手段は徒歩！　近いから大丈夫《だいじょうぶ》なんだ！」

「……タケシ君が、車椅子《くるまいす》だったとしても？」

「え？　タケシ君……まさか、病院から……」

「そう。タケシ君、手術がいやで、病院から抜《ぬ》け出したのよ！」

「なんてこった……。…………。……って、だから、そういう設定いらねーから！」

　話が一向《いっこう》に進まなかった。

「とにかくタケシ君は健康な子で、五百円もクリーンなお金で、凄《すご》く近いコンビニまで普通に歩いて向かったんだ！」

「途中《とちゅう》で魔物《まもの》に襲《おそ》われたりは、しなかった？」

「しねーよ！　現実《げんじつ》世界のお話！」

「ならよし」

「……やっとコンビニについたよ……。ええと、それでタケシ君は、コンビニで、百円のジュースを二個《こ》、百二十円のパンを一個買いました」

「なんで？」

「え？」

「子供が、コンビニでジュースとパン……。……育児放棄《いくじほうき》の可能性《かのうせい》が出てきたわね」

「タケシ君に余計な設定付け足さないでくれるか⁉」

「不自然じゃない！　小さい子供が、コンビニでパンとジュースなんて！」

「分かったよ！　じゃあ、ええと、その日はたまたま、両親が外出してたんだ！」

「……そう。その日以降、両親は、タケシ君の前から姿《すがた》を消したわけね……」

「いやいやいやいやいや！　なんでタケシ君をそんなに不幸にしたいんだよ！　両親、普通に帰って来るから！」

「もの言わぬ体となって？」

「無事に帰ってくるよ！　ちょっと、軽く家空《あ》けただけ！　タケシ君は、小腹《こばら》が空《す》いたから、両親に貰《もら》っておいた五百円でパンとジュース買っただけ！」

「ジュースが二本なのが気になるわね。……妹の分かしら」

「もう、それでいいよ。話進めるぞ」

「待って！　だとしたら……どうしてパンは一つだけ……」

「ああ、もう！　じゃあ、パンも二個買ったことにするよ！　ジュースとパンを、二つずつ買いました！　ジュースは百円、パンは百二十円！」

「うん、美しいわね」

「……さて、おつりはいくらでしょう？」

「ちょっと待って、計算するわ」

会長はそう言うと、ルーズリーフでせっせと計算を始めた。……これぐらい暗算で出してほしかったが、贅沢《ぜいたく》は言うまい。

しかし会長は、計算途中《とちゅう》でハッと顔を上げ、深夏を見つめる。

「深夏……」

「？　なんだ？」

「妹が更《さら》にもう一人いる可能性とかは、考える必要……」

「ねーよ！　黙《だま》って計算しろよ！」

深夏に怒鳴《どな》られ、しぶしぶ計算を始める会長。

彼女《かのじょ》は、ぶつぶつと、ノートに向かって、何か呟《つぶや》いていた。

「……ここで繰《く》り上がるから……。……うん……。……因数分解《いんすうぶんかい》して……」

なんか因数分解出てきた。

「Xが七万五千になるから……Yは……四万二千」

なぜか、桁《けた》が凄《すご》いことになってる。

「と思いきや、ここで、一旦全《いったんすべ》て、ゼロになる！」

なんか衝撃《しょうげき》の計算過程も出てきた。

「そして、タケシ君が実は貰《もら》われてきた子であることも考えると……」

たとえそんな隠《かく》された真実が潜《ひそ》んでいても、おつりの額《がく》には一切影響《いっさいえいきょう》しないハズだが。

「よし、分かった！　答えは、六十円！」

「……正解」

正解だった。……深夏は、苦々《にがにが》しい表情だ。そして、俺も知弦さんも真冬ちゃんも真儀瑠先生も、皆《みんな》、そんな顔をしていた。

なんか正解出してきたせいで、今ひとつ、ちゃんとツッコめない！　計算過程が凄《すご》く間違《まちが》っている気がするのに、でも、なんだかんだで正解だから、指摘《してき》が出来ない！

深夏が、真冬ちゃん同様、すっかり疲《つか》れた顔をしている。

……仕方ないので、俺が、授業を引き継《つ》ぐことにした。

「会長。数学は、もうこの辺にしておきましょう」

「えへん！　数学は、全問正解だったね！」

「……そーですね」

あかん。俺、もう心折れそうだ。教育者として、この子、すっごく放《ほう》り出したい。見捨《みす》てたい。無視《むし》して、他の生徒に授業をしたい。たとえ、それが人の道に反していても！

真儀瑠先生の気持ちが既《すで》に痛いほど分かってきたが、しかし、それでは企画《きかく》が成り立たない。俺は、気力を振《ふ》り絞《しぼ》って、会長に勉強を教えることにした。

「じゃあ……保健体育《ほけんたいいく》」

「絶対エロ目的だよ！　やだ！」

「いえ」

俺は、今回ばかりは、顔をキリッと真面目《まじめ》にする。

「残念ながら、そんなボケに走る余裕《よゆう》は、もう誰《だれ》にもありません」

「うっ。その真面目なトーンが、なんか逆に心に突《つ》き刺《さ》さるわ！」

「俺が保健体育得意なのは、エロ目的で勉強したからですが。それとこれとは、最早《もはや》別！真面目に、会長を育てます」

「うう、知弦ならまだしも、年下の子達が私を育てようとしてるって、どうなの……」

会長は不満そうだったが、俺は構わず、授業を始める。

「じゃあ、人体の感覚機能について、一般的《いっぱんてき》に五感と呼ばれるものを、全部言ってみて下さい」

「そんなの、簡単《かんたん》だよ！」

会長はやっぱり自信満々だ！

「透視《とうし》、サイコメトリー、テレパシー、予知、霊能力《れいのうりょく》だよ！」

人間は、かなり凄《すご》かった！

「えと、それは、一般的な人は持ってないですよね？」

「本来は皆持ってるんだよ。隠《かく》されているだけなんだよ！」

「いや、そういう論理はいいですから。もっと一般的なのをお願いします。ほら……味覚とか、そういうやつです」

「あ、そういうこと。じゃあ、味覚、視覚、聴覚《ちょうかく》、触覚《しょっかく》、嗅覚《きゅうかく》、金角銀角《きんかくぎんかく》」

「なんか西遊記《さいゆうき》における敵《てき》まで人体に潜《ひそ》んでましたが、まあいいでしょう」

「間食前《かんしょくまえ》だね！」

いつか分からなかった。

「じゃあ、それらは、それぞれ、どこで感じます？」

「そんなの簡単！　舌《した》、目、耳、肌《はだ》、鼻、第六感だよ！」

「敵の存在《そんざい》には、超《ちょう》感覚で気付くんですね」

「うん！　エースパイロットには必要な能力、危険《きけん》感知だね！」

「じゃあ、それぞれの部位について、会長が知る限りでいいんで、構造とか機能とか説明してくれます？」

「そんなの簡単だよ！　自分の体のことだもん！」

「ですよね」

「じゃあまず、『会長アイ』！」

「へ？　いや、会長だけじゃなくて、人類全体の……」

「会長アイは、なんと、視力１．２のＣの向きをも、完全に見分《みわ》けるのだ！」

「普通《ふつう》レベルですね」

「ちなみに、２．０のＣは、たまに勘《かん》で当てるのだ！」

「駄目《だめ》ですよ、それやっちゃ！」

「そして、『会長マウス』！」

「会長がネズミになったみたいですね」

「彼女《かのじょ》の舌は、甘《あま》い物をよく味わうのだ！」

「ただの甘党《あまとう》ですね」

「ちなみに、辛《から》いものは、思わず、ぺっぺ、しちゃうこともある！　食べ物は大切にしないとだけど、これぱっかりは、仕方ない！　残りはおとーさんに食べてもらう！」

「だから、甘党ですよね、ただの」

「そして、会長……ええと……鼻は……」

「……ノーズです」

「『会長ノーズ』！　その嗅覚は、花の匂《にお》いに敏感《びんかん》に反応《はんのう》し、ふらふらとくりむの体を引き寄せるのだ！」

「ちょうちょみたいな人ですね」

「ちなみに、その鼻は、花粉にめっぽう弱いのだ！」

「花粉症《かふんしょう》ですね。全然優秀《ゆうしゅう》じゃないですね」

「そして、『会長スキン』！　その肌は、すっごくすべすべなのだ！」

「触《さわ》らして下さい！」

「めっ！」

ぺしっと叩《たた》かれてしまった。……くそ、触りてぇ。

「この肌のすべすべさは、なんと、あの聖剣《せいけん》エクスカリバーでさえ、つるんと滑《すべ》らせてしまったという！」

「というか、エクスカリバー持った人に襲《おそ》われたことあるんですか」

「しかしその肌は、海で日に当たると、すぐひりひりして、あいたたたたになっちゃうのだっ！」

「聖剣きかない割には、弱いですね、肌」

「そして最後！　『会長イヤー』！」

「会長の年みたいですね」

「その耳は、自分に対する褒《ほ》め言葉を、決して聞き逃《のが》さない！」

「ああ、その通りですね」

「そして、自分に対する悪口《わるくち》は、自動的にシャットアウト！」

「すげー都合のいい機能ですね。人生楽しいでしょうね、その耳あるだけで」

「プールの授業のあとには、とんとんしないと、いたいいたいになっちゃうのだ！」

「そこら辺は普通《ふつう》なんですね……」

「耳かきは、おかーさんにやって貰《もら》っているのだ！　自分じゃ怖《こわ》くて出来ないのだ！」

「なんか想像通りです」

「息をフってされると、へにゃってなって、にゃわってなって、にょわーってなるのだ！」

「…………」

「こらっ！　めっ！」

「ちっ」

そぉっと近寄《ちかよ》っていったら、牽制《けんせい》されてしまった。さすが、第六感の持ち主。危険感知能力アリか。

「この調子で、他の部位も説明しよう！　『会長ハンド』！　この手は、人を思いっきり殴《なぐ》ったり叩いたりしても、全然痛くないと評判なのだ！」

「ぷにぷにですからねぇ」

「そして、『会長レッグ』！　この足に見惚《みと》れる人は、数知れず！　私がミニスカートで歩くと、その日の交通事故件数が跳《は》ね上がるとか！」

「迷惑甚《めいわくはなは》だしい魅力《みりょく》ですね」

「『会長バスト』！　その胸は、親戚《しんせき》の中では豊満《ほうまん》と絶賛《ぜっさん》されているのだ！」

「……すっげー、不憫《ふびん》に思われているんでしょうね」

彼女の親戚は、優《やさ》しい人ばかりらしい。……いい親戚を持って、良かったね、会長。

「『会長ヒップ』！　このお尻《しり》は、柔《やわ》らかい座布団《ざぶとん》を好むのだ！」

「皆そうだと思いますけど」

「家に帰ると、ベッドにお尻から跳《と》んで、ぼよんとやるのが、密《ひそ》かな楽しみなのだ！」

「人生楽しそうですね、会長」

「ふぅ。……語ったわ。語りつくしたわ。人体については、パーフェクトだわ」

「ええ、そうですね。そのせいで、俺、授業全然出来ませんでしたし」

ずっと会長のターンだった。酷《ひど》い。

こんな生徒に、教育なんて施《ほどこ》せるはずがない。俺も、知弦さんも、深夏も、真冬ちゃんも。もう……心は決まっていた。

全員で、真儀瑠先生の傍《かたわ》らに行き、全員でその腕《うで》を持って……それを、高く掲《かか》げる！

『ウィナー！』

「ええっ!? なんで!? 私、間違《まちが》ったこと言ってないよ！ 先生は、学力の低い生徒にも合わせて、ちゃんと授業をしてあげるべきなんだよ！……あ、私は、別に、学力低くないけどっ！」

会長は、まだうだうだと反論している。

俺は、嘆息《たんそく》しながら返した。

「確かに、一般的にはそうでしょう。しかし……会長を置いてけぼりにして授業を進めた真儀瑠先生の判断は、残念ながら、激しく正しかったと結論せざるを得ません！」

「なんでよ！ 私だって、一生徒だよ！ 教える義務があるよ！」

会長の言葉に、深夏がキレ気味に反論する！

「教師の義務以前に、会長さんの中に小学校中学校の義務教育の中身が一切ねえのが問題なんだよ！」

「そ、そんなことないよ！　九九も言えるし、人一倍出来ると言って過言じゃないよ！　こんな私でも理解出来ない授業を、する方がおかしい！」

会長は激《はげ》しく抗議《こうぎ》するも、しかし、真冬ちゃんがそれに鋭《するど》い指摘《してき》を繰《く》り出す！

「実際、会長さん以外に真儀瑠先生の授業ついてけない人、クラスにいるんですか？」

「う！……い、いるよ」

「その人は、どういう人です？」

「…………。……授業、殆《ほとん》どサボってる人」

「ほら！　おかしいと思ったんです！　真儀瑠先生の授業は、そりゃ脱線《だっせん》ばかりするし、厳《きび》しいですけど、普通にやってて理解出来ない進行はしない人ですよ！」

その言葉に、会長はたじろぎ、先生は「ふふん」と鼻を高くして、笑う。

そうだった。確かにこの教師、人格には多大なる問題があるが、その能力だけは物凄《ものすご》く高い。俺のクラスにも、真儀瑠先生を苦手《にがて》と思ってはいても、授業についていけないっていうヤツはいなかった気がする。たとえ末端《まったん》を無視するようなことがあっても、それは、それこそ会長とか、授業に全く出てない人。

それに、授業に出てない人間にだって、先生は、確か……スパルタなのは相変わらずだけど、授業内容まとめたプリント課題をどさっと出したりして、それなりにフォローはしていたはずだ。

となると、やはり問題なのは、どう考えても……。

俺達の視線《しせん》に、会長は、ぐっとたじろぐ。

「な、なによ！　そんな目で見て！　わ、私が……たとえ問題児《もんだいじ》だったとしても！　それをもフォローしてこそ、教師だと思う！」

その、最後の砦《とりで》たる論理も。知弦さんが、あっさり打ち砕《くだ》いた。

「アカちゃん。もう言っちゃうけど、正直、一緒《いっしょ》に授業受けてても、アカちゃん、かなーり邪魔《じゃま》してるわよね、皆の」

「うっ！」

あ、言っちゃった。知弦さんが証言したら、確かに、全部終わりだ。

「それも、単純に授業についていけないで、足引っ張るというより……。悪意に満ちた授業妨害《ぼうがい》するでしょう。深夏にやったみたいな、変な部分掘《ほ》り下げたり」

「う……。だ、だって、暇《ひま》なんだもん……」

「キー君にやったように、自分の独壇場《どくだんじょう》にしちゃったり」

「だって、喋《しゃべ》りたいんだもん……」

発覚！　会長は、ただの落ち着きのない子だった！

全員で、一斉《いっせい》に嘆息《たんそく》する。会長は、すっかり縮《ちぢ》こまっている。

そうして……遂《つい》に、会議の様子を今まで黙《だま》って見守《みまも》っていた真儀瑠先生が、その口を開いた。

「桜野。そういうわけだ。認《みと》めろ、私の能力は高い。そして、桜野が、どちらかというと、間違っている」

「う、うぅ……」

会長は、完全に追い詰《つ》められていた。……まあ、今回ばかりは仕方ないか。たまには、ちゃんと反省すべきこともある。

会長は、しばらく黙《だま》り込《こ》んでしまっていたが、ぽつりと、小さく、「授業邪魔して、ごめんなさい……」と呟《つぶや》いた。うむ、素直でよろしい。会長のいいところだ。

ようやく、生徒会室の空気も弛緩《しかん》し、それぞれ、自分の席に戻《もど》っていく。……まあ、なんだかんだとあったが、結果は、めでたしめでたしだ。

真儀瑠先生は、とっても満足そうにその光景を見渡《みわた》した後、「そろそろ戻るか」と、書類を持って席を立った。そうして、生徒会室の戸を引き、出て行く直前……ふと、会長を振《ふ》り返る。

「ああ、桜野」

「？」

しゅんと落ち込んだ会長が、視線を上げる。俺達も先生を見ると……そこには、さっきまでの不機嫌《ふきげん》な様子を一転。ニカッと、魅力的《みりょくてき》に笑う、先生が居《い》た。

「私は、桜野の授業妨害《ぼうがい》、嫌《きら》いじゃないぞ」


「……え？」

きょとんとする会長と、生徒会役員達。先生は、笑ったまま告《つ》げた。

「お前が適度《てきど》なタイミングで、授業中の空気を入れ替《か》えてくれているのは、知っている。人間、集中力なんてそんなに長時間もたないからな。でもそこで、お前がいい塩梅《あんばい》に引っ掻《か》き回してくれるから、お前がいる時の授業は、寝《ね》るヤツが誰もいないどころか、皆、楽しそうだ」

「……先生」

「好きこそものの上手《じょうず》なれ。楽しい授業っていうのは、それだけで貴重《きちょう》だ。……感謝《かんしゃ》してるよ、桜野。まあ、だからと言って、お前の自業自得《じごうじとく》な学力レベルに合わせた授業はしてやれないがな」

「う」

「……それは、私がわざわざお前のためにあれこれ動かなくても、お前なら、ちゃんと頑《がん》張《ば》ればついてこれると思っているからだぞ。だから、もうちょっと頑張れ、桜野。以上。じゃーな」

　先生はそう言うと、不敵に笑って、颯爽《さっそう》と生徒会室を去っていった。……相変わらず、ずるい人だ。そして、一枚どころか、何枚も上手《うわて》の、いい先生だ。ちゃんと……ちゃんと、俺達のこと、理解してくれている。ある意味では。俺達自身以上に。

　会長は、ぷるぷると震《ふる》えていた。……ああ、これは、流石《さすが》に、先生の言葉に感銘《かんめい》を受けているのか――。

「……ふふふ。ふふふふふふふふ。ふふふふふふ！　そうかっ！　そうよね！　やっぱりそうよ！　真儀瑠先生も遂《つい》に認《みと》めたんだよ！　私が、やれば出来る子だって！　私ほど、才能に満ち溢《あふ》れた生徒はいないって！」

『ええー……』

めっちゃ過剰《かじょう》にプラス解釈《かいしゃく》していた！

「そっかそっか。なるほどー。だから、先生も、あえて私を突《つ》き放してたんだね！　私の、このあり余る才能を、授業という鎖《くさり》で縛《しば》ってしまわないように！」

もう、こうなってしまった会長は止められない。俺達生徒会は、ただただ、呆然《ぼうぜん》と、その様子を見守《みまも》ることしか出来なかった。

前言撤回《てっかい》。やっぱり真儀瑠先生のことも、高く評価しすぎていた。どうせなら、何も言わずに去るべきだったんだ！　本当に会長のことをよく知っていれば、ああいうことを言えば、こんな風に調子に乗っちゃうって、分かっていただろうに！　あの人は、多分、自分を「カッコイイ、理解ある教師だぞー」って見せたかっただけだったんだ！　そういう人だ、真儀瑠先生は！

俺達が呆然《ぼうぜん》とする中……会長は……結局、何も学ばずに、叫《さけ》んでいた。

「これからも私は、自分の道を行くよー！　授業も、妨害《ぼうがい》しまくっちゃうよー！　私が授業についていくんじゃないの！　授業が、私についてくればいいの！」

…………。

とりあえず、同じクラスで授業を毎日受けている知弦さんに、俺と椎名姉妹は、憐《あわ》れみの視線を向ける。知弦さんは、いたたまれず、そっと視線を逸《そ》らしていた。……知弦さんがいつも生徒会室で自主的に勉強しているのって……もしかして……。……涙《なみだ》が、こみあげてくる。

今回の、俺が学んだ、結論。

教育現場は、戦場だ。

【第六話～騒《さわ》ぐ生徒会～】

「思い出は、漫然《まんぜん》と生きているだけじゃ生まれないのよ！」

会長がいつものように小さな胸《むね》を張《は》ってなにかの本の受け売りを偉《えら》そうに語っていた。

会長の割にはちょっぴり深めの台詞《せりふ》だったため、俺《おれ》は、少し考えてしまう。

これは、もしかして、脳のメカニズムとか記憶《きおく》の定義などまで及《およ》ぶ深いはな——


「そろそろ学園祭《がくえんさい》の方針《ほうしん》を決めよう！　いえーい！」


「…………」

イベントを盛《も》り上げよう、ってだけの話だった。……いいセリフの無駄遣《むだづか》いも甚《はなは》だしい。

「方針ですか？　生徒会が決めるんですか？」

一年生の真冬《まふゆ》ちゃんが首を傾《かし》げる。対して、知弦《ちづる》さんがザッと説明を開始した。

「毎年、うちの学園祭は『テーマ』を掲《かか》げるのよ」

「えと、『皆《みんな》で一丸になる！』とかですか？」

「そういうのじゃないのよ、碧陽《へきよう》は。もっと具体的なの。例《たと》えば去年は、『ファンタジー』」

「ファンタジー？」

「ええ。その年は、仮装《かそう》パレードは勿論《もちろん》全クラス、幻想性《げんそうせい》のある衣装《いしょう》。出店も、ちょっと不思議《ふしぎ》を盛《も》り込《こ》んだ何か。その他、演劇《えんげき》等の他のイベントも全《すべ》て、『ファンタジー』という統一《とういつ》テーマの下《もと》、作られるのよ」

「それは……なんだか大変そうですね」

「そうね。でも、そうすることによって、学園祭の期間は本当に、学校全体の空気が変わって、面白《おもしろ》いのよ。統一テーマあるとね」

「あ、そうですね。バラバラのことやられるよりは、異世界感《いせかいかん》が出ますね」

「ええ。……で、その『テーマ』を決めるのも、生徒会の仕事というわけよ」

「なるほど」

知弦さんの、真冬ちゃんへの説明が終わったところで、会長がこほんと仕切る。

「そんなわけで、今年《ことし》の学園祭の方針決めるわよー！」

「会長！」

「？　な、なによ、杉崎《すぎさき》、いきなり手を挙げて」

俺は会議が始まった途端《とたん》、神速《しんそく》で挙手《きょしゅ》した。呆気《あっけ》にとられる会長、そして生徒会役員達に、俺は何かを言わせる暇《ひま》も与《あた》えず、一気に攻《せ》める！

「今年《ことし》のテーマは、『淫《みだ》ら』がいいです！」

「早速《さっそく》来たわねっ！」

会長が身構える。周囲からも敵意的《てきいてき》な視線《しせん》を感じるが、俺は……俺は生徒会役員になると決めた時から、学園祭のテーマを『淫ら』にする夢《ゆめ》を見ていたのだ！　今回ばかりは簡《かん》単《たん》に引き下がるわけにはいかない！

「最高にテンション上がるテーマじゃないですかっ、『淫ら』！　みんな開放的になること、間違《まちが》いなし！」

「そういう方面での開放は要《い》らないよ！」

「少女の肌《はだ》が艶《なまめ》かしい仮装パレードなんて、マスコミも取材に来る勢いでしょうよ！」

「そんな姿《すがた》全国放送されたら最悪だよ！」

「クラス対抗合唱《たいこうがっしょう》コンクールでは、全クラス同一曲『あえぎ声』を、女子のみで合唱！」

「そんなモラル崩壊《ほうかい》した教育現場、いやすぎるわ！」

「クラスの出し物……店なんか……くふふ」

「杉崎の中じゃ今、絶対、す○き野的な学校になっているでしょう、碧陽学園！」

「ちょっとお金を出すだけで、現役女子高校生があんなことやこんなことをしてくれる店ばかりが、学校中に！」

「警察《けいさつ》に踏《ふ》み込《こ》まれるよ、碧陽学園！　どんな荒《すさ》んだ学校よ！」

「体育館《たいいくかん》のステージでは、演劇部によるストリップが」

「もう治外法権《ちがいほうけん》ね、この学園！」

「バンドの出演も認《みと》めるけど、女性メンバーいないと駄目《だめ》だし、ある程度脱《ぬ》がなきゃいけない！　少なくとも一時期のソ○ンを髣髴《ほうふつ》とさせるぐらいはっ！　でも、倖田《こうだ》○未《み》のようにエロ『カッコイイ』必要《ひつよう》は無いです。エロければ充分《じゅうぶん》！」

「もっと音楽性を見てあげようよ！」

「バニー姿で歌ってくれるヒロインって、いいですよね」

「なんで私《わたし》を見ながら、そんなこと言うのよ！　やらないよ！」

「……ニ○ニコにアップされちゃうかもですね、うちの『淫ら』学園祭」

「『日本オワタ』『ゆとりの極《きわ》み』とかコメントつくでしょうね」

「というわけで、今年《ことし》の学園祭は『淫らな私達を、見・て』というテーマで決定しちゃいましょう」

「しないよ！」

「はい、決定～。会長承認《しょうにん》～」

「ちょ、な、なに私の親指で勝手に書類に押印《おういん》してるのよ！」

「へへっ！　承認さえ得られればこっちのもんだぜ！　よっしゃ、職員室へ――」

俺は持てる全運動神経を総動員《そうどういん》して、流れに乗ったまま生徒会室から駆《か》け出そうと――

「おい、鍵《けん》。あたしという『壁《かべ》』を忘《わす》れちゃいねーか？」


「――――」

して、深夏《みなつ》にフルボッコにされた。カッと世界が光ったと思ったら、次の瞬間《しゅんかん》には、俺は地に倒《たお》れ伏《ふ》していた。滅殺《めっさつ》。

びりびりと、『淫ら』承認の書類が破られる音がする。……ああ、俺の青春。

「また一つの世界を救ってしまったぜ……」

深夏がとても満足げな表情をしている。咎《とが》めようとしたが、他のメンバーまで深夏を

「英雄《えいゆう》を見る目」で見ていたため、空気を察し自粛《じしゅく》した。くそ……いくら俺を倒そうとも、世界に『エロ』がある限り、俺は、何度でも蘇《よみがえ》るぞぉぉ……。覚えておけ、ニンゲンどもっ！　がぁぁあああああっ！

「さて、杉崎が灰になって崩《くず》れ落ちたところで、ちゃんと会議するよー」

俺の死後の世界で、会長が仕切り直していた。……ハーレム王に対する扱《あつか》いじゃねぇ。

「あ、真冬にいい案があります！」

真冬ちゃんが挙手する。会長はそれを見て、ニッコリ笑った。

「そう、真冬ちゃん、いい案あるんだ」

「はい！」

「じゃ、そういうわけで、他の意見ある人～」

「わ、真冬、凄《すご》く自然な流れで会議から弾《はじ》かれましたっ！」

真冬ちゃんが封《ふう》じられていた。肩《かた》をがっくりと落としている。……ふと俺と目が合い、なにか、こう、変な仲間意識も芽生《めば》えた。……全然LOVE成分が感じられないから、嬉《うれ》しくともなんともないが。

続けて、深夏が挙手する。

「じゃあ、あたしの熱血アイデア――」

「椎名《しいな》姉妹《しまい》以外で、案ある人〜」

知弦さんが挙手。

「私が提案《ていあん》するのは、ダークサイドを前面に押《お》し出した——」

「うむ！　もう、私が案を出すしかないのは分かったわ！」

一呼吸おいて、会長、自ら提案。

「今年のテーマ——」

『却下《きゃっか》』

全員で鋭《するど》い視《し》線《せん》を向ける。会長は「まだ何も言ってないのにぃっ！」と泣いてしまった。

そんなわけで。

『…………』

会議、完全ストップである。会長は、頬《ほお》をぽりぽり掻《か》いて嘆息《たんそく》。

「……ごめん。発言前に封じ始めたら、もう、このメンバーじゃ会議にならないわ……」

「今更《いまさら》ですが、真冬、この生徒会ってかなり最悪な気がしてきました」

そこで、知弦さんがこほんと咳払《せきばら》い。

「自重《じちょう》しろと言っても無理《むり》なのは分かっているし、仕方ないわ。下らない会議でもやらないよりは、やった方がいい……気がしないでもないし。ちゃんと、皆《みんな》の趣味《しゅみ》に走った提案も検討《けんとう》してみましょう。何か得るものある……かもしれないし」

かなり譲歩《じょうほ》した意見だった。全員、同時に頷《うなず》く。

早速、一番初めに封じられた真冬ちゃんが、身を乗り出した。

「というわけで！　真冬は、テーマ『ゲーム』がいいと思います！」

「あれ？」

会長が、意外そうに首を傾《かし》げた。俺達も、ちょっと驚《おどろ》いて真冬ちゃんを見る。

「？　どうしました？」

「あ、いえ。私は、真冬ちゃん『ボーイズラブ』って言うものだとばかり……。仮装《かそう》も、男子が女装・女子が男装とか、色々提案しやすそうだったし」

「ふっふっふー。真冬を侮《あなど》ってはいけませんよ、会長さん。真冬だって、日々進化しているのですっ！　もう、即《そく》却下されてしまうような意見は言いません！　ある程度譲歩しつつ、リアルに通りそうな要求を通すのですっ！」

「せ、成長してるわっ！　駄目《だめ》な方向なりに！」

「というわけで、真冬はテーマ『ゲーム』を提案します！」

そう胸を張る真冬ちゃん。驚《おどろ》いている会長に代わり、俺が、その概要《がいよう》を聞き出すことにした。

「で、真冬ちゃん。具体的にはどういうこと?」

「よくぞ訊《き》いてくれました、先輩《せんぱい》。今回は真冬、結構真剣《しんけん》に行きますよ」

「珍《めずら》しく自信ありげだね」

「はいっ!　まず真冬が主張しますのは、祭りと『ゲーム』という娯楽性《ごらくせい》あるテーマは、非常に相性《あいしょう》がいいということですっ!」

「お、意外にも説得力ある」

「言ってしまえば、毎年やっている合唱コンクールとかだって、点数を競《きそ》っている時点で、それは一種の『ゲーム』なのです!」

「おお、確かに」

「そこで、真冬が提案しますのはっ!」

「これは、かなり期待——」


「学園祭は、テレビゲームを主体に行いますっ!」


「ああっ!　いい振《ふ》りが、全部台無《だいな》しっ!」

「各クラスの出し物は、それぞれの教室に、『格闘《かくとう》』『シューティング』『RPG』というようにジャンルを振り分けてゲーム機を設置、お客さんの好みで選んで貰《もら》います！」

「学園祭でやる必要ある⁉」

「来場者には漏《も》れなく『十異世界』をプレゼント！　これで、沢山《たくさん》来てくれます！」

「全然胸躍《むねおど》らない特典だねっ！」

「舞《ぶ》台《たい》で音楽やる人は、基本、ゲーム音楽以外禁止です。たとえロック系バンドでも」

「酷《ひど》い制限っ！」

「演劇《えんげき》も、ドラ○エの内容をなぞったりして貰いますっ！」

「ス○エニの許可もとらずに舞台化っ⁉」

「五十時間ぐらい、ぶっ続けで演じて貰います」

「プレイ時間にまで比例させてるっ！　演劇部員が死んじゃうよ！」

「文化部も、ゲームグッズを空《あ》き部屋《べや》に展示《てんじ》して貰います。ウィニングイ○ブンの……ボールとかっ！」

「普通《ふつう》のサッカーボールじゃん！」

「展示だけじゃなく、販売《けんばい》も行いますよ。『十異世界オリジナルサウンドトラック・初回限定版《げんていばん》』が、なんと、当日は真冬のサイン付で2万5千円！」

「高っ！　本編無料配布《むりょうはいふ》なのにっ！」

「初回限定版ですから。世の中、初回限定版は、ぼったくりのような値段がするものです」

「ああっ！　エロゲユーザーの俺には凄《すご》く分かるけどっ！」

「純粋《じゅんすい》にゲームだけが好きな人にとっては、割とどーでもいーものが付いてくるのもお約束！　というわけで、会長さんデフォルメフィギュアとか、ストラップとか、あと、布団《ふとん》圧縮袋《ぶくろ》とか付けちゃってます！」

「最後のが本当に要《い》らないなっ！　なんのために付けたのっ！」

「あ、お姉ちゃんが昔《むかし》作った、『鍵盤《けんばん》連合ステッカー』＆『深夏ズ・ブートキャンプ』も付けちゃいます！」

「まだ在庫《ざいこ》あったんだ、あれ！」

「飲食店でも、基本、ゲーム関係のモノだけ提供します。飲み物は全《すべ》てポーション！」

「あちこちから回復音が聴《き》こえてきそう！」

「食べ物は、やくそう」

「どんだけ学園祭でダメージ食《く》らう想定なんだよ！」

「ちょっと工夫すれば、『どくけしそうのエリクサー炒《いた》め〜ヴァナ・ディ○ル風〜』みたいなことも出来ちゃいますよ！」

「なんかちょっと食ってみたい！」

「ちなみに、学園祭中は校舎の中、敵《てき》とエンカウント（遭遇《そうぐう》）しますよ」

「魔物《まもの》まで放《はな》ったっ！」

「学園祭期間中にレベルを上げておくと、いいことあるかもしれません！」

「現実《げんじつ》社会じゃ関係ないと思うよ、レベル！　っていうか、学園祭で死者出るよ、魔物うろついてたら！」

「学校の近所に教会あるから、大丈夫《だいじょうぶ》だと思いますよ？」

「現実の教会じゃ死者は蘇《よみがえ》らないよっ！　いよいよゲームと現実を混同した危《あぶ》ない子になっちゃってるよ、真冬ちゃん！」

「だ、大丈夫です。フェニックスの尾《お》も販売《はんばい》しますし！」

「誰《だれ》が調達《ちょうたつ》してくるの、それ！」

「スク〇ニから取り寄せます」

「だから、現実とゲームがごっちゃになりすぎてるよ！　スクエ〇には、そんな奇跡《きせき》を起こせる薬品無いから！」

「……じゃあ、アンブ〇ラ社から……」

「そこから薬品取り寄せちゃ駄目ぇぇぇぇぇ！」

「むぅ。先輩《せんぱい》は、ツッコミというより、ケチつけですねっ！」

「ツッコミだよ！　っていうかこれ、学園祭じゃなくて、ゲームショウだよ！　ゲームショウにしても行き過ぎてるけどっ！」

「じゃあゲームショウでいいです。『碧陽ゲームショウ2〇〇X』でいいです」

「なんで特命リサーチみたいなことになってんのっ！」

「魔物の存在とか、こう、不思議《ふしぎ》が一杯《いっぱい》ですので」

「不思議なのは真冬ちゃんの脳内だけだよっ！」

「むむー。今回は結構真冬、通っちゃうんじゃないかと思ってたのですが」

「その自信の根拠《こんきょ》が全然分からないっ！」

「とりあえず、候補《こうほ》としては考えておいて下さい、テーマ『ゲーム』」

真冬ちゃんの要請《ようせい》を受け、会長が仕方なくホワイトボードに『ゲーム』と書く。……これが候補になるなら、俺の『淫《みだ》ら』も入れておいてほしいのだが。

知弦さんが「さて」と仕切る。

「次は……深夏。さっき言いかけた意見、聞かせてくれるかしら」

「まあ、聞かなくても想像つくけどねー」

会長の言葉に、俺達は深く頷《うなず》く。しかし、深夏は特に気にした様子もなく、胸を張った。

「あたしが主張するテーマは、勿論《もちろん》、『熱血《ねっけつ》』だぜ」

「やっぱりか」

　俺がそう返すと、しかし深夏は、動じることなく俺の目を見据《みす》えた。

「予想通りだろうがなんだろうが、あたしはこのテーマに自信持ってるぜ。真冬の『ゲーム』よりも、場合によっては親和性《しんわせい》高いと思っている」

「……ま、よく考えたら、先回りして封《ふう》じるほど突飛《とっぴ》なテーマじゃない気もしてきたな。やりようによっては、意外とアリかもしれん」

「だろ、だろ。学園祭と言ったら、バトルだからな」

「うん、その発言で一気に胡散臭《うさんくさ》くなったが」

　俺の不安をよそに、深夏は勝手に具体的な話を開始する。

「まず、学園祭参加チケットを手に入れるためには、予選バトルロイヤルで生き残る必要がある」

「よし、次のテーマ行こう」

「焦《あせ》るなよ、鍵。まずは説明を聞くんだ」

「や、もうどう考えてもひっくり返らないから、この状況《じょうきょう》」

皆《みんな》、既《すで》にドン引き状態だし。

「予選である程度参加人数を絞《しぼ》ることによって、参加者モラルの向上や、行き届《とど》いたサービスが可能になるんだぜ」

「いや、予選がある段階で、既にモラルは崩壊《ほうかい》気味なわけだが」

「暗黒武術会《あんこくぶじゅつかい》だって、予選があったからこそ、本大会が強者ばかりで面白《おもしろ》いわけだし」

「なんであんな物騒《ぶっそう》な大会を参考に学園祭やるんだよ！」

「とにかく、まずは予選だ。その後は学園祭一日目『死の24時間耐久《たいきゅう》サバイバル編』へと突入《とつにゅう》するわけだが……」

「最早《もはや》学園祭を根本から改革《かいかく》する気かよっ！」

「一日目は、碧陽学園全体を舞台《ぶたい》に、参加者達がお互《たが》いの所持するタグを奪《うば》い合うバトルが行われる。タグは一枚ずつ支給されるけど、終了《しゅうりょう》時点で二枚以上ないと、二日目に進めないという形式だからな。激突《げきとつ》は必至《ひっし》」

「だから、なんでそんな少年漫画《まんが》の王道を進むんだよ……」

「鍵あたりは、予選は勝ちぬけても、ここらでルーキーに『よぉよぉ、タグくれよぉ、新人くん♪』と絡《から》んだ結果、実は物凄《ものすご》く強くて残忍《ざんにん》だったルーキーにあっさり惨殺《ざんさつ》されてしまうだろうな」

「俺すげー雑魚《ざこ》ッスねっ！」

「あたしなんかは、優勝《ゆうしょう》候補と目される前々年度の優勝者と運悪く遭遇《そうぐう》してしまうんだが、辛《から》くも勝利し、一躍《いちやく》注目を浴びる。『あいつ……予選の時よりも更《さら》に強くなってやがる。戦いの中で成長しているとでもいうのか』みたいなっ！」

「完全に深夏主人公だよなぁ、この学園祭！　っていうか、前々年度はこんなことやってねーしっ！　優勝者とかいねーしっ！」

「会長さん、知弦さん、真冬は、一日目、影《かげ》とセリフのみの登場」

「俺以外皆重要キャラっぽいっ！　正体ばれてるのにっ！」


「さて、二日目。遂《つい》に物語は『学園崩壊編《ほうかいへん》』へと突入するわけだが……」


「学園祭やれぇ――――――――――――！」

「参加者として紛《まぎ》れ込《こ》んだ他校の、碧陽学園崩壊を狙《ねら》う存在を倒すため、この日は、なんと、あたし達参加者が手を組んで敵《てき》の軍勢と戦うんだっ！　熱いっ！　昨日《きのう》は敵だったアイツや、鍵を殺したアイツまでも、この日は仲間っ！　くぅ、燃《も》えるぜ！」

「俺を殺したヤツとも仲良くしちゃうんだ、皆っ！　すっげーフクザツッ！」

「この日、あたしは敵の軍勢の中でもナンバー2である幹部《かんぶ》を撃破《げきは》」

「あれ。主人公属性《ぞくせい》のくせに、ボスとは戦わねーんだな」

「うむ。ナンバー1と戦うのは、鍵を殺したルーキーとかだ。ま、実はナンバー2も、ボスと同じくらい強かったという事実は後々判明《はんめい》するんだがな。ここでこういう演出をしておくことによって、翌日の『決勝トーナメント編』で、ボスをも楽々倒してしまった格上の相手と戦う緊張感《きんちょうかん》を演出出来るわけだっ！」

「……今、学園祭の企画《きかく》の話をしてるんだよな、俺達……」


「そして、遂に三日目。『決勝トーナメント編』の日がやってきた」


「語り口まで変わってるな、おい」

「生徒会役員の皆のお墓《はか》の前で、勝利を誓《ちか》うあたし」

『全員死んでる!?』

皆で愕然《がくぜん》とする。会長は、「影と声だけ出て終わったわ、私……」と、ショックを隠《かく》せないようだ。……確かに、ある意味、俺より酷《ひど》い扱《あつか》いかもしれない。

「そうして、なんだかんだで、決勝」

「なんだかんだって！　そこが一番重要なとこじゃないかっ！　バトルものからバトル省いたら、何が残るんだよっ！」

「や、二日目の話がかなり盛り上がった後だから、どうせ主人公が勝つ決勝までの道のりは、ちょっとあっさりめで消化しちゃいてーんだわ」

「だからこれ、学園祭の話だよなぁ！　漫画連載《まんがれんさい》の話じゃないよなぁっ！」

「とにかく決勝。黄の黎明《れいめい》・椎名深夏《みなつ》ＶＳ鍵を殺したヤツ……を殺したヤツ」

「俺殺したヤツどっかで負けたぁ――――！　ああっ、なんか残念だよっ！　なんだこの気持ちっ！」

「敵の圧倒《あっとう》的な戦闘力《せんとうりょく》の前に、なすすべも無いあたし。しかし、そんなあたしの前に、死んだはずの皆がっ！　『深夏、頑張《がんば》れ！』。皆からの応援《おうえん》を受け……立つあたし！」

「いや、死後の俺、お前に手を貸す気分じゃねーと思うが」

「私も」「私も」「真冬も」

「……。『皆のためにも……あたしはお前を倒す！』と、カッコイイあたし」

無視《むし》だった。

「だけど、負けるあたし」

「あ、負けた」

俺達の無理矢理《むりやり》気味の応援《おうえん》、無力だったらしい。

「優勝者は敵。だがしかし……試合終了後《しゅうりょうご》、敵は『見事《みごと》なり……椎名深夏っ！』と言って、死ぬ。あたしは、生き残る」

「なんか敵の方の生き様がかっけぇーんだが。実質、俺の仇《あだ》を討《う》ってくれた人だし」

「ま、なんだかんだで、優勝賞品を受け取るあたし」

「完全に横からかっさらったな、なんか」


「こうして学園祭は、あたしが優勝賞品……『図書券二千円分』を手に入れ、終了するのだった……」


「しょぼっ！　散々死者出しておいて、優勝賞品しょぼっ！　俺達報《むく》われねーっ！」

「学生だしな」

「変なところで常識人になるなよっ！　どうせなら、願い一つ叶《かな》えるぐらいの規模にしておいてくれよっ！　なんで図書券争って死んだんだよっ、俺達っ！」

「だって、願いを叶えるなんて、現実的に無理だろ。子供か、鍵は」

「今更現実持ち出すなぁー！」

「とにかく、そんなわけで、学園祭のテーマは『熱血』！　これに大決定！」

深夏がそう言って促《うなが》すため、会長は仕方なく……とても嫌《いや》そうに、ホワイトボードに『熱血』と候補を付け足した。……これにだけはしたくない。これになるぐらいだったら、真冬ちゃんの意見の方がまだマシというものだ。

さて、仕切りなおして深夏の次は……。

「ん？　どうかしたの、キー君。こっち見て、額押《ひたいお》さえて」

知弦さんが首を傾《かし》げる。俺は「いえ……」と、目を伏《ふ》せた。

「物騒《ぶっそう》な話が、もう少し続いてしまいそうだなと……」

「あら心外《しんがい》ね。私はSだし、ダークな精神は常に掲《かか》げるけど、学園祭を深夏ほど物騒にしようとは思ってないわよ」

「あ、そうですか。でも……ダークな成分っていうのは……」

「ああ、それが気になっているのね、キー君。安心して」

そう言うと、知弦さんはニコッと微笑《ほほえ》む。

「全体的に非合法《ひごうほう》なだけだから」

「俺の『淫《みだ》ら』を批判する資格ねぇ――――――――――――！」

知弦さんは「うふふ」と微笑《ほほえ》み続けている。会長が「却下《きやっか》だよ、そういうのはっ！」と頑張《がんば》っていたが、知弦さんは「まあ聞きなさい」と、問答無用《もんどうむよう》で提案を続けた。

「まず、学園祭のチケット発行は、かなり絞《しぼ》るわ」

「？　深夏のような理由でですか？」

「いえ、希少価値高めて、ヤ〇オクで一稼《ひとかせ》ぎするためよ」

「えげつなっ！」

「生徒会役員でもプリントしておけば、女子のレベルが高そうに見えるから、男性の興味《きょうみ》を引くでしょうしね。これは……かなりの金額《きんがく》いくとみるわ」

「……まあ、でも、非合法と言っても、その程度で済《す》むなら……」

「ま、偽造《ぎぞう》チケットだけどね、オークション出すの」

「鬼《おに》ぃ――――――――――！」

「大丈夫《だいじょうぶ》よ、上手《うま》いことやって、法の目をすり抜《ぬ》ける感じで売りさばくから」

「何が大丈夫なのか、一切《いっさい》分からないっ！　っていうか、なんでそんな金が必要なんですかっ！」

「…………。…………。……両親の手術費《しゅじゅつ》用がね」

「嘘《うそ》でしょうっ！　今考えたでしょう、絶対！」

「なに言ってるのよ、キー君。今からシリアスパートよ。最終話の勢いよ。私の壮絶《そうぜつ》な背景が明かされて、『それなら偽造もいたしかたあるまい』となるのよ」

「ならないっスよ！　どんな背景あっても、その結論には至らせませんよ！」

「……キー君と結ばれるには、なんやかんやで偽造チケットが必要なの」

「それなら偽造もいたしかたあるまい！」

それは仕方ない。うん。

「嘘だけどね」

「知ってますがね」

「チケットの問題はともかくとして。クラスの出し物でも、荒稼《あらかせ》ぎするわよ。『粉』とか売って」

「いよいよ見過《みす》ごせないぐらいに非合法っ！」

「え？　大丈夫よ。ただの小麦粉だもの。ビニールに詰《つ》めて、それっぽくして、高値で売るけど」

「酷《ひど》いっ！　なんか、非合法は非合法でも、闇《やみ》の住人からさえ疎《うと》まれる、仁義《じんぎ》の通らない非合法な気がするっ！」

「いいのよ、客の立場からして、どうせ訴《うった》えれないから」

「絶対知弦さんは早死《はやじ》にすると思います！」

「それを守るのが、ハーレム王たるキー君の役目よね」

「ああっ！　峰不〇子以上に厄介《やっかい》な人を抱《かか》えてしまった気がするっ！」

「合唱は、録音、ＣＤ化、販売《はんばい》するわ」

「……まあ、今までのに比べれば、割と健全な気も……」


「聴《き》くと私の口座にお金を振《ふ》り込《こ》みたくなる、催眠《さいみん》効果も付加してだけど」


「だからっ、なぜそんなにお金が必要なんですかっ！」

「………。………。私の両親が、誘拐《ゆうかい》されてて……」

「知弦さんの両親、さっきから踏《ふ》んだり蹴《け》ったりですねっ！」

「ごめんなさい。今のは嘘。私、よく考えたら、その状況《じょうきょう》で素直に身代金払《はら》うようなキャラじゃなかったわ。盲点《もうてん》」

「他にも盲点一杯《いっぱい》あったと思いますけどっ！」

「ま、お金はあればあるほどいいでしょう。稼いでおいて、問題はないはずよ」

「手段は選びましょうよ」

「そうね。じゃあ……仮装パレードで稼ぎましょう」

「仮装パレードで？　どうやってですか？」

「生徒に交《ま》じって、警察《けいさつ》の目をかいくぐって日本を出たい犯罪者《はんざいしゃ》も仮装させて……」

「いやなパレードですねっ！」

「都市伝説になりそうよね。『実はあの中に……殺人犯《さつじんはん》がいたなんて』みたいなオチで」

「でも、ここで仮装したって、日本からは出られないと思いますけど」

「ええ。出さないわよ。アホな犯罪者を騙《だま》して、お金搾《しぼ》り取ったら、あとは警察に引き渡《わた》して感謝状貰《かんしゃじょうもら》うわ」

「なんか、学園祭をダシに、色んな闇の住人が被害被《ひがいこうむ》ってますね……」

「あら。よく考えると私、正義の味方みたいじゃない」

「絶対違うと思います！」

「そうそう、学園祭と言えば、有名人呼んでのステージよね」

「あれ？　碧陽って、そういうのやってましたっけ」

「今年からやるわ。そうね……今話題の超《ちょう》時空アイドル、ラ○カちゃんでも呼びましょうか」

「二次元の世界から!?　確かに時空超《こ》えてますけどっ！」

「三次元がいいなら……765プ○ダクションから、アイドル派遣《はけん》して貰《もら》いましょうか」

「合成映像にでもしない限り、無理ですよっ！」

「ここは意外性を狙《ねら》って、小○幸子さんを……」

「衣装代《いしょうだい》や演出《えんしゅつ》にどれだけ金かける気ですかっ！」

「ハ○プロ全員」

「うちのステージの混雑《こんざつ》具合がえらいことになるでしょうよ」

「プロジェクト繋《つな》がりで、ＪＡＭプ○ジェクトなんか」

「深夏が泣いて喜びそうですね」

「劇団○季」

「比《ひ》較《かく》される演劇部が可哀想《かわいそう》すぎるんで、勘弁《かんべん》してやって下さい」

「誰《だれ》を呼ぶにせよ、うまくやればかなりの利益《りえき》が出るわ」

「……まあ、今までの非合法なやり方に比べれば、まだ良心的ですね」

「勿論《もちろん》。ただ、ここでも偽造《ぎぞう》チケットは猛威《もうい》を振《ふ》るうけど」

「最低だっ！」

「なにはともあれ、学園祭はお金が動くイベントよ。ここでしっかり稼《かせ》いでおきたいわ」

「……学生の発想じゃない」

会長がホワイトボードに「ひごーほー」と書く。……なんか平仮名《ひらがな》で書くと、やってもいいことな気がしてくるから不思議《ふしぎ》だ。可愛《かわい》らしい。

知弦さんの提案《ていあん》が一段落《いちだんらく》したところで、いよいよ最後、一番期待できない人物がムンと小さな胸《むね》を張《は》った。

会長は、ようやく回ってきた自分の番に、表情《ひょうじょう》を輝《かがや》かせていた。

「遂《つい》に真打《しんうち》登場というわけねっ！」

「バットの芯《しん》で頭を打ったような人、という意味での真打か？」

深夏が酷《ひど》いツッコミを入れる。しかし会長は、それもまるで気にしない。

「皆《みんな》の意見が駄目《だめ》すぎるこの状況で、私！　やっぱり、最後は会長よね！」

「出来れば頼《たよ》りたくないからこその、最後なんだと思います」

真冬ちゃんも核心《かくしん》を突《つ》く。それでも、会長は折れなかった。

「お祭りは、私に任《まか》せておけば安心よ！」

「アカちゃんに任せたら、収益は全く見込《みこ》めないどころか、破産《はさん》の危険《きけん》もあるわね」

知弦さんが嘆息《たんそく》していたが、それも、最早《もはや》会長の耳には入らない。

会長は、ここぞとばかりに叫《さけ》んだ！

「そんなわけで、学園祭のテーマは『祭り』よっ！　盛《も》り上がろー！」

『…………』

最早、誰《だれ》も、ツッコムことさえ出来なかった。

代表して……俺が、対応してみる。

「会長……あの、そのテーマは……」

「うん、ぴったりだよねっ、『祭り』！」

「や、確かに、これ以上無いくらいぴったりですけどね。シンクロ率百パーセントですけどね」

「皆、『祭り』という共通テーマを胸に、学園祭を作って貰《もら》うわ」

「実質オール自由じゃないですかっ！」

「具体的には……そうだねー。クラスの出し物は、なんか楽しく」

「漠然《ばくぜん》っ！」

「合唱《がっしょう》は、皆一生懸命《けんめい》歌う」

「子供の目標《もくひょう》っ！」

「仮装《かそう》パレードは、楽しく練《ね》り歩く」

「言われるまでもないっ！」

「ステージは、わいわい観客《かんきゃく》と盛り上がればよし」

「そりゃそうかもしれないですけどっ！」

と、俺は一生懸命ツッコンでいたが——

「とにかく、楽しければいいよっ！　皆が自由にやったら、それで、楽しいと思う！　だって、今年の碧陽学園は、世界観《せかいかん》なんて統一《とういつ》しなくたって……このまんまの学園が、とっても、ハッピーで楽しい空間だと思うもん！」

そう、会長がとても無邪気《むじゃき》な笑《え》みを浮《う》かべた瞬間《しゅんかん》、思わず言葉を失ってしまった。

全部、どうでもよくなってしまった。不意をつかれた気分だった。

俺と同様に、知弦さん、深夏、真冬ちゃんも、言葉を失っている。

そんな中、会長は……恐《おそ》らく深いことなんてなに一つ考えてないこの会長は、その提案をとても楽しそうに語る。

「皆、碧陽学園にもっと自信を持ったらいいんだよ！　世界観は『碧陽学園』！　それで、いいよっ！　言うなれば、私が会長やっているこの学校が、最も楽しい場所なんだからっ！　凄《すご》く優《すぐ》れた生徒達なんだからっ！　そんな皆が『祭り』をやるんだから、どうやったって、つまらなくなるはずないよ！」

「…………そう、ですね」

俺は、ぽつりと、それに賛同する。『淫ら』も捨て難《がた》かったけど。でも……とてもじゃないけど、今となっては会長の『祭り』より、楽しいテーマだとは思えなかった。

そう感じたのは、どうやら、俺だけじゃなかったらしい。

「ゲームは家でやって我慢《がまん》すればいいですし」

「バトルは、他の機会にやるとして」

「お金は、他の機会に稼《かせ》げばいいわね」

真冬ちゃん、深夏、知弦さんが、それぞれそう言いながら、会長に微笑《ほほえ》む。
もう、決《けつ》をとる必要もなかった。
皆の視線《しせん》を受けて、会長が、満面《まんめん》の笑みを浮かべる。
「じゃあ……今年のテーマは『祭り』！　最高に楽しい学園祭にしよー！」
『おおー！』
皆で、雄叫《おたけ》びを上げる。
来月末の学園祭が……心の底から、楽しみになった。

＊

……そう。今考えれば、この時、俺と椎名姉妹は、恐らく、普段《ふだん》以上に……本当に心の底から、それを願っていた。

【最終話～進む生徒会～】

「出会《であ》いと別れを繰《く》り返して、人は成長していくのよっ！」

会長がいつものように小さな胸《むね》を張《は》ってなにかの本の受け売りを偉《えら》そうに語っていた。

しかし、どうも今日《きょう》は、毛色が違《ちが》ったようだ。

「ばーい、深夏《みなつ》」

「？　深夏？」

「うん。なんか今日のこの名言は、深夏が、指定してきたよ」

「？？？　深夏が？」

俺《おれ》は首を傾《かし》げて、隣《となり》に座《すわ》る元気娘《むすめ》……今日はなぜか一日大人《おとな》しかった深夏を見やる。

深夏は、「ああ……」とどこか気の抜《ぬ》けた声を返した。

「会長さんは、ある意味簡単《かんたん》に操縦《そうじゅう》出来るからな……」

「言う通りにしてあげたのに、なにその言い方っ！」

会長がぷんぷんと怒《おこ》っていた。確かにこれは怒っても仕方ない。普段《ふだん》の深夏なら、恩《おん》を受けておいて、こういうあからさまな怒らせ方はしないハズだが……。どうも、今日はボーッとしているようだ。

そしてそれは、どういうわけか、真冬《まふゆ》ちゃんも同様だった。なぜか……生徒会室に来てからずっと、俺の方をジーッと見ている。

「真冬ちゃん？」

「…………」

「えと……俺に惚《ほ》れた？」

「…………」

「……まさか、俺でＢＬの妄想《もうそう》してる？」

「…………。……うぅむ、なんで杉崎先輩《すぎさきせんぱい》って、男の子なんでしょう……」

「…………」

なんか非常に恐ろしいことをぶつぶつ呟《つぶや》いているので、とりあえず、こっちに関《かか》わるのはやめておこう。うん。

俺が真冬ちゃんから視線《しせん》を逸《そ》らして汗《あせ》を流していると、傍《かたわ》らでは知弦《ちづる》さんが深夏に語りかけていた。

「で？　深夏はどうして、わざわざアカちゃんを操《あやつ》ったのかしら」

「う。知弦さん、ちょっと怒ってる？」

「怒ってないわよ。ええ。アカちゃんは、私《わたし》のモノだなんて、全然思ってないわよ」

「す、すいません」

流石《さすが》の深夏も謝《あやま》ってしまっていた。

知弦さんの目を見て、深夏は理由を説明する。

「えと、その、今日はどうしても、言っておきたいことがありまして……」

「そのために、アカちゃんの名言を変えて貰《もら》ったと？」

「あ、うん。や、会議に入られたら、話しづらいことだったから、その、前フリをして貰いたかったというか、その、背中を押《お》して欲《ほ》しかったというか……」

どうも、深夏が「らしく」ない。いつもと違《ちが》って、自分への自信が一切《いっさい》無い印象というのだろうか。そのただならぬ様子に、知弦さんもそれ以上問い詰《つ》めるようなことはしなかった。

会長が嘆息《たんそく》しながら、「それで？」と訊《たず》ねる。

「会議を中止してまで話したいことって、一体なんなの？」

「そ、それは……その」

深夏が、どもる。やっぱり、らしくない。らしくないけど……しかし、だからこそ、そこにただならぬ気配を感じ、俺、会長、知弦さんは居住《いず》まいを正した。真冬ちゃんは、相変わらずボーッとこっちを見ている。……彼女《かのじょ》は彼女で普通《ふつう》じゃない。

深夏はしばし、黙《だま》って俯《うつむ》いた。……あの深夏でさえ、言うのを躊躇《ためら》うようなこと。

沈黙《ちんもく》の中で、その事実に……俺達が覚悟《かくご》を決めた頃《ころ》。

深夏が、決意を秘《ひ》めた……それでいてまだ揺《ゆ》れているような目で、俺達を、見据《みす》えた。

「あたし達……あたしと真冬、近く、その、転校《てんこう》……するかもしれない」

『――っ』

…………。

いくら、防御《ぼうぎょ》態勢をとっていたとはいえ。

その言葉は、俺達の……生徒会役員の心を、いとも簡単に、激《はげ》しく揺らした。

＊

思えば、ここ最近、深夏と真冬ちゃんの様子はおかしかった。俺との関係性を考え直していたり、将来のことで悩《なや》んでいたり。

それは、俺は香澄《かすみ》さん絡《がら》みのことだとは思っていたけど……まさか、「転校」なんてものまで繋《つな》がっているとは、とても、考えていなかった。

真冬ちゃんを見る。彼女《かのじょ》は……深夏が「転校」を口にしたと同時に、ハッと現実《げんじつ》に引き戻《もど》されたように瞳《ひとみ》を揺《ゆ》らし、そして、それを隠《かく》すためか、俯いてしまった。

生徒会室を重苦《おもくる》しい沈黙《ちんもく》が支配する。最初にそれを動かしたのは、会長だった。

「ちょ……ちょっと、なによ、それ。そんな、え、なに、急に……」

動揺《どうよう》を隠《かく》し切れない様子で訊《たず》ねる会長。そんな会長に、深夏は辛《つら》そうにしながらも、ちゃんと説明しないといけないと腹を括《くく》ったのか、ようやく、少し落ち着いた様子で、説明を始める。

「ありきたりだけど……その、親の都合って、ヤツでさ」

「親って……香澄さん？」

知弦さんが訊ねる。深夏は、こくりと頷《うなず》いた。

俺はしかしどうも納得《なっとく》出来ず、横から口を出してしまう。

「香澄さんの都合って……職場の問題とかか？　そんなの、どうにかならないのかよ。中学の頃《ころ》は別々に暮《く》らしてたぐらいなんだし、少なくとも、高校在学中くらい……」

「いや、そうじゃねーんだ。そうじゃ……ねーんだよ」

「そうじゃないって……。仕事関係以外で転校なんて、一体……」

そう無遠慮《ぶえんりょ》に訊ねてしまったところで。深夏は、苦虫《にがむし》を噛《か》み潰《つぶ》したように表情《ひょうじょう》を歪《ゆが》めた。

「再婚《さいこん》……したいんだってさ、母《かあ》さん」


『…………』

その時に湧《わ》いた感情を。一体、なんと呼べばいいのだろう。

「な、なによ、それ」

会長が呟《つぶや》く。口にこそしなかったものの……俺も知弦さんも、同じように呟きたい気分だった。わなわなと、体が、震《ふる》える。

怒《いか》り？　それに近いかもしれない。俺は一度香澄さんに会っているし、あの人はあの人なりに、色々抱《かか》えていることは重々承知している。だけど……だけどっ！　それでも、なんだろう、この、胸の奥《おく》に燻《くすぶ》る苛立《いらだ》ちは。

深夏が、ぎゅっと拳《こぶし》を握《にぎ》り込む。

「母さんの……今度の相手が、内地の方の人でさ。最近まで出張でこっち来てたんだけど……来月、帰ることになって。それに、母さん……ついて行きたいって。……今度は、ちゃんと、あたし達と、一緒《いっしょ》に」

「な……。……ふ、ふざけてるよっ！」

遂《つい》に耐《た》え切れなくなったのか、会長が立ち上がった。

「なにそれ！　なんでそんな、親の勝手にっ！」

「アカちゃん」

「そんなの、いくらなんでも横暴《おうぼう》だよっ！　子供のこと無視《むし》してるよっ！　そんなの従う必要——」

「アカちゃん！」

「っ！」

知弦さんに窘《たしな》められ、会長は悔《くや》しそうに席につく。……知弦さんが怒鳴《どな》った理由は、俺にも理解出来た。前回のこともそうだけど……家庭の事情に首を突《つ》っ込《こ》む際は、いくら友達《ともだち》でも、慎重《しんちょう》にいかなければならない。ましてや、親の否定《ひてい》など、勢いに任《まか》せてしてしまっていいことではない。

しかし……でも……俺も知弦さんも、表情は、険《けわ》しかった。

すぐにヒートアップしてしまう会長に代わり、俺は、どうにか感情を抑《おさ》えこんで、深夏に訊ねる。

「それで……二人は……深夏と真冬ちゃんは、それに、従うことにしたのか？」

「…………。……いや」

そこで、深夏は、俺の日をしっかりと見る。

「正直、まだ、迷《まよ》っている」

「……そっか」

「というか、その、ずっと、迷っていて。でも、もう……そろそろ、タイムリミットなんだ。だから、今日こそ、結論を出さなきゃと思って……」

「会長の名言を、変えてもらって、思い切ってこの話題を出したのか」

「……ああ」

その言葉に、知弦さんが「そういうこと」と呟く。もう怒ってはいないようだ。

俺は、真冬ちゃんの方を見る。真冬ちゃんは……どこか感情の読めない表情で、まるで自分に言い聞かせるかのように、呟いた。

「真冬は、お姉ちゃんに従います」

「……そう」

その答えは、どこかで予想していた。……この娘《こ》は、そういう娘だ。いつだって、深夏の傍《そば》に居て、深夏を支えようとしている。だから、深夏と別の選択肢《せんたくし》をとることなんて、絶対に無い。それは意志が無いということじゃなくて、深夏を全《すべ》てとすると、自分で決めたということで。

深夏はその言葉を受け、改《あらた》めて、俺たちを見回《みまわ》した。

そして……ギュッと目を瞑《つぶ》り、搾《しぼ》り出すような声で呟く。

「あたしは……本当は、ここに居《い》たいっ。ここが……好きだっ」

「だったら……」

会長が結論を急ごうとして、しかし、知弦さんに止められる。

数秒の沈黙の後、深夏は「でも」と続けた。

「でも……迷ってる」

「なんでよ。深夏がここに居たくて、私達も、二人にここに居てほしいと思ってるんだよ。だったら、迷うことなんて——」

「違うんだ」

深夏は、キッパリと言い放った。今までの、自信を失った弱々《よわよわ》しい深夏じゃない。どこか……決意を秘めたような、確かな、声。

会長が真意を探るように深夏の目を見つめる中、彼女は、それをジッと見返して、告《つ》げる。

「あたしは、もう、母さんを拒絶《きょぜつ》したくないんだ。男を敵視《てきし》して……。……いや、男から逃《に》げて、それで、真冬に余計に気を遣《つか》わせてしまうような、そんな脆《もろ》い解決は、したくないと思ったから」

「深夏……」

その言葉に、会長は返す言葉を失《な》くし、黙《だま》って引き下がる。

「お姉ちゃん……」

見れば、真冬ちゃんも少し驚《おどろ》いた表情をしていた。自分が姉に気を遣っていることを。知られているとは思ってなかったのだろう。

深夏は、なぜか俺と真冬ちゃんを交互《こうご》に見て、苦笑《くしょう》する。

「最近さ……鍵《けん》とか真冬とか見てて、ようやく、色んなことに気付けたから」

「色んなこと？」

「そう、色んなこと。漫画《まんが》からだけじゃ得られなかった……色んなことだ」

深夏は、特に具体的には語らなかった。……それは、言葉に出来るようなものじゃないのかもしれない。ただ、その中には、自分が真冬ちゃんに支えられていたということも、含《ふく》まれるようだ。

俺は、「それで」と話を促《うなが》す。

「つまり、端的《たんてき》に言えば、深夏は、俺達と過ごすのを取るか、母親に歩み寄るのを取るか、迷っているっていうことだな」

「ああ……そうだよ。この生徒会に居たいとは、本当に、心の底から願っている。だけどその一方で……もう二度と、母さんや真冬を苦しめたくないとも……思ってる」

「昔《むかし》の自分を間違《まちが》ってたと思うのか？」

「いや、間違っていた、とまでは思わねーけど。でも……わがままは、したかなって、少し、思ってる。……我慢《がまん》することが、必ずしも皆《みんな》の幸福には繋《つな》がらないとは思うけど……でも……母さんを理解しようと『努力』することは、必要だったんじゃねーかなって」

「でもその努力は、報《むく》われない可能性《かのうせい》もあっただろ。家庭に他人《たにん》の、しかも大人《おとな》の男が入ってくるんだ。拒絶《きょぜつ》するのも無理は無いし、最善の選択《せんたく》の一つだったろ」

俺がそんなことを言うとは思わなかったのか、深夏は一瞬《いっしゅん》目をぱちくりと瞬《またた》かせる。

「らしくねーこと言うんだな」

「そうか？」

「ハーレムハーレム言ってるヤツが、女の子の家庭に男が入るのを批判《ひはん》って」

「なに言ってんだよ。俺は、『幸せなハーレム』を作るのが目的なんだ。女の子が俯《うつむ》いている家庭なんて、そんなの、俺の理想とは全く相容《あいい》れないねっ！」

「……そっか」

深夏は今日初めて、笑顔《えがお》を見せた。……正直、俺は何が良かったのかよく分からなかったが、とりあえず、話を再開させる。

「とにかく、深夏は、ちょっとした責任感というか、後悔《こうかい》みたいなのも手伝《てつだ》って、今回は香澄さんを受け容《い》れようかと思っているわけだな」

「ああ、だからこそ、迷ってる」

「よし、深夏、真冬ちゃん！　俺と結婚《けっこん》しよう！　新しい家庭を作ってしまえば、親と子で別居していてもそれが自然――」

「よし、母さんに転校するって連絡《れんらく》してくるわ！」

『待ってぇぇぇえええええええ！』

全員で深夏を引き止める。とりあえず俺は、土下座《どげざ》して謝《あやま》った。

深夏が着席したところで、会長が「じゃあっ！」と急に仕切り出す。

「とにかく、椎名姉妹《しいなしまい》に生徒会の良いところをアピールしようっ！」

このままじゃ深夏と真冬ちゃんが行っちゃうと思ったらしい。会長はそんなことを言い出し、そして、まずは自ら、この生徒会がいかに素晴《すば》らしいかを語り始める。

「そもそも、こんなに美しく慈愛《じあい》に満ちた素晴らしい会長のいる学校は――」

「今日までお世話になりました」

「真冬、会長さんのことは、忘れるまで忘れません」

「待ってぇ～！」

また生徒会室から去りかけた姉妹を、会長は必死に引き止める。

そうして、どうにか着席させ、もう一度アピールを開始。

「こ、こほん。えと……うん、まあ、私のことは置いといて。この生徒会、そして学園には、素晴らしいところが盛《も》り沢山《だくさん》なのよっ！」

「それはまあ……あたしもそう思うが」

「真冬も、碧陽学園は好きですけど」

「まず、床《ゆか》が綺麗《きれい》っ！」

「清掃《せいそう》業者のワックスがけのおかげじゃねーかよ」

「お菓子《かし》が食べられるっ！」

「基本は禁止だったと思いますけど……」

「自由な校風っ！」

「自由すぎるのも考え物だが」

「明るく愉快《ゆかい》な生徒達！」

「愉快すぎて困った人ばっかりだと、真冬は思います」

「個性がぐんぐん伸《の》びる教育環境《かんきょう》っ！」

「個性的すぎて社会から逸脱《いつだつ》した人間だらけになりつつあるが」

「伝奇《でんき》アクションっぽい血生臭《ちなまぐさ》い事件《じけん》が今のところ無いっ！」

「それが普通《ふつう》だと思いますっ！」

「スクール○イズみたいなドロドロした人間関係も、まだ無いっ！」

「誠《まこと》より節操《せっそう》無いのは居《い》るけどな」

なんか深夏が俺に視線を送っていた。……会話をよく聴《き》いてなかったので、とりあえずウィンクを返してみたら、「鍵、死ね」と言われた。……なぜ。

「と、とにかく、この学校は魅力《みりょく》が一杯《いっぱい》なんだよ！」

「ま、真冬には、なんだかよく伝わってきませんでしたが……」

「そんな！　うぅ……ち、知弦！　知弦も、なんとか言ってよ！」

会長が知弦さんを頼《たよ》る。知弦さんも椎名姉妹を引き止めたいとは思っているのもあってか、出動要請《ようせい》に応じる。

知弦さんの、碧陽アピールが始まった。


「実は、ここだけの話、この学園の地下には私しか知らない秘密の拷問部屋《ごうもんべや》が——」

「早速《さっそく》転校手続きしよう、真冬」

「うん、早急にここを出よ、お姉ちゃん」

「まあ待ちなさい」

また生徒会室を去りかけた姉妹を、知弦さんが無理矢理《むりやり》引き止める。

そして、アピール再開。

「うちの学校には、沢山《たくさん》の『闇《やみ》・裏《うら》・邪《じゃ》』が存在していて、刺激《しげき》的よ」

「それをアピールポイントだと思っているその感性が信じられねーよ！」

「そして、特殊《とくしゅ》な性癖《せいへき》を持つ生徒もいっぱい」

「……真冬も、その一人に数えられてそうです……」

「あと、某《ぼう》動画サイトと違《ちが》って、時報があまり邪魔《じゃま》じゃないわ」

「普通《ふつう》にチャイムって言えよ！　そして、どこの学校だってそうだよ！」

「死神様の武器を作ったり、鬼神《きじん》と戦ったりしなくていいし」

「ガン○ンに掲載《けいさい》されているような専門学校でしか、そういう状況《じょうきょう》にはならないですよ」

「まあ、校舎内を歩いていたら急に2D画面っぽくなって、私にムチでしばかれることは、あるかもしれないけど」

「悪魔城《あくまじょう》!?」

「なにより、『生徒会の一存《いちぞん》』シリーズに出演《しゅつえん》できるわよ、ここにいれば」

「別に真冬、出演したいと思ってここにいるわけじゃ……」

「とにかく、ここほど魅力《みりょく》的《てき》な学園は、世の中にそうそう無いことは確かね」

「世の中こんな学園ばかりだったら、イヤすぎるぜ……」

姉妹はすっかり疲労《ひろう》していた。……まずい。なんかこのままじゃ、本当に行っちゃう気が……。

俺が、自分も何かアピールするべきかと焦《あせ》っていると、唐突《とうとつ》に深夏が「あーあ」と声を上げた。

俺は、遂《つい》に呆《あき》れられてしまったのかと戦々恐々《せんせんきょうきょう》としていたが――

「くそっ、楽しいなぁ、生徒会っ！　ちくしょう……楽しい……なぁ」

「深夏……」

深夏は、そんなことを言って笑いながら、涙《なみだ》を浮《う》かべていた。俺達に気付かれないように、必死で、袖《そで》でごしごし拭《ぬぐ》っていたけど。それで余計に、俺達にその涙は伝わってしまっていて。……何も、言えなくなる。

そうして、真冬ちゃんが心配そうに見守《みまも》る中……深夏は、何か、決意したように立ち上がった。

「決めた」

　そう、一言だけ、呟《つぶや》く。どうするとは言わなかったし、俺たちも、訊《たず》ねはしなかった。

……悔《くや》しいことに、深夏の目と、声の調子で彼女のことが分かってしまうぐらいには……

俺達は、絆《きずな》で結ばれていたから。

　カバンからケータイを取り出す。そうして……彼女は、「母さんに電話してくるわ」とだけ言うと、顔を見られたくなかったのか、こちらを見ないまま、生徒会室を退室《たいしつ》していった。

　生徒会室を沈黙《ちんもく》が支配し……そして……残された真冬ちゃんが、ぽつりと、確認《かくにん》するように呟《つぶや》く。


「……お姉ちゃんは、転校、決めたみたいです……」


『…………』

　誰《だれ》も、返さなかった。分かっていた。分かりたくないのに、分かってしまっていた。本当は……深夏が、どういう風に、背中を押《お》して欲しかったのか。そして、相変わらず生徒会が楽しかったという事実が……ここの素晴らしさをアピールするということが、深夏に、どう作用したのか。

真冬ちゃんが……温《あたた》かく、微笑《ほほえ》む。

「お姉ちゃんは、生徒会を……皆《みな》さんを見て……『大丈夫《だいじょうぶ》だ』って、思ったんだと思います。今、お母《かあ》さんと離《はな》れたら、また、親子の間に亀裂《きれつ》が出来てしまいそうだけど。だけど……生徒会なら……皆さんなら……いくら離れても、いくら、時が経《た》っても。このままで……楽しくて、温かい皆さんで居てくれるって……安心、したんだと思います」

『…………』

俺、会長、知弦さんは目を伏《ふ》せる。……まだ、俺達の中で答えは出ていなかった。深夏のためを思って……深夏に決断をさせた。だけど、肝心《かんじん》の俺達の心は、本当は、すっごく……すっごく揺《ゆ》れたままで。二人がいなくなってしまう寂《さび》しさと、二人の家庭の幸福の天秤《てんびん》の結果なんて、そうそう、簡単に出せるものじゃなくて。

声も出せない俺達の中で……唯一《ゆいいつ》、真冬ちゃんだけは、平常心だった。強い……子だった。揺れてないんだ。俺達との別れを悲しくは思ってくれていても、でも、もう既《すで》に心は前を向いているんだろう。

「先輩《せんぱい》」

不意に、真冬ちゃんが、俺を呼んだ。

「？　なに、真冬ちゃん」

「真冬、先輩に、言っておきたいことがあるんです」

「……あ、告白？　まいったなぁ、真冬ちゃん、やっぱり俺と別れるの辛《つら》――」

そう茶化《ちゃか》して生徒会室の空気を変えようとした俺の試みは……しかし、真冬ちゃんの満《まん》面《めん》の笑《え》みで、一気に全《すべ》てひっくり返された。

「はい。真冬、先輩のこと、好きです」

「……え？」「へ？」「え」

俺、会長、知弦さんが、硬直《こうちょく》する。しかし……真冬ちゃんは相変わらずのマイペースで、席から立ち上がり、回り込《こ》んで、俺の方へとやってきた。

そして、もう一度、なんの躊躇《ためら》いもなく告白。

「真冬、先輩が好きです。離れるの、凄《すご》く、寂《さび》しいです」

「え、あ、えーと……。……あ、ああ、あれか。いつもの、友達《ともだち》としてっていうオチ――」

「真冬は、先輩に、恋《こい》をしていたのだと思います」

「…………」

逃《に》げ場は、なかった。頭がぐるぐるする。心臓《しんぞう》がバクバク鳴り、会長と知弦さんの呆然《ぼうぜん》とした視線が気になり、どうしていいか分からない。

だけど。

俺は、真冬ちゃんの目を見て、無理矢理動揺《どうよう》を抑《おさ》え込《こ》んだ。……しっかりしろっ、杉崎鍵っ！　どんな答えを出すにせよ、まずは、全《すべ》てを受け止めろ。話はそれからだ。もう間違えるな……杉崎鍵。林檎《りんご》の時みたいに、そこから、目を逸《そ》らすな。

俺は……浮《う》かれる心や混乱を打ち消して、真剣《しんけん》に、真冬ちゃんの目を見る。

「ありがとう、真冬ちゃん。すっごく、嬉《うれ》しいよ」

「はい。真冬も、告白出来て、嬉しいです」

ニッコリと、本当に幸福そうに微笑む。……でも俺は、まだ、答えを出せなかった。

「真冬ちゃん。色々と訊《き》きたいことはあるのだけれど……」

「あ、はい。ごめんなさい、急で。……真冬も、こんなこと言うつもりはなかったのですけど……。でも、転校が決まってしまったと思ったら、その、自然に口が動いてまして」

「……疑うわけじゃないけど、その、本当に俺のことを？　男嫌いは……その、深夏の教えは……」

それは確認しておかないといけないことだ。

なぜか、会長が焦《あせ》った様子で「そ、そーだよっ！」と口出ししてくる。

「真冬ちゃんは、深夏が全《すべ》てだったんでしょ？　男性恐怖症《きょうふしょう》のこともあるし、その……勘《かん》違《ちが》いだったりは……」

「そうですね。真冬は……お姉ちゃんが全てです。お姉ちゃんが男性を否定するなら、真冬も、否定しようと思っていました。だけど……」

そこで、真冬ちゃんは俺に視線を戻《もど》す。

「杉崎先輩のことだけは、どうしても、嫌《きら》いになれなくて。それを真冬は、『お姉ちゃんも好きだから、例外』って、自分に言い聞かせていましたけど……。でもそれって、やっぱり、本当はルール違反《いはん》で」

「ルール違反？」

「はい。本当にお姉ちゃんの教えを守るなら、お姉ちゃんがハッキリと『鍵とは仲良くしてよし』とか言ってくれない限りは、真冬も、あまり接してはいけなかったのです。だけど……真冬は、それでも、先輩と仲良くなっちゃいました」

「それは……生徒会役員だしね……」

「だとしてもです。真冬、クラスの男子とかとは、未《いま》だに、事務的な会話しかしないんですよ。少なくとも、友達と呼べるような人は、他にもいないぐらいです。そこは……ちゃんと、お姉ちゃんの教えを守っていられるのに。杉崎先輩だけは……自分からも、話しかけちゃいますし。真冬を、知ってほしいと願ってしまって。止められなくて」

「…………」

「それは、だから、恋だったんだと思います。もう言い訳しないです。逃げもしないです。真冬は、お姉ちゃんの教えを破って、先輩を、好きになっていました。先輩を知りたくて、そして、真冬のことを知って貰《もら》いたくて。ずっと一緒《いっしょ》にいたくて、離れている時も……BL要素で誤魔化《ごまか》してましたけど、先輩のことばっかり考えていて」

「……そっか」

それは、確かに恋なんだろうな、と思った。客観的に、そう感じた。……とても嬉しい。素直《すなお》にそう思う。この子を、愛《いと》おしいなと思う。だけど。

「でも真冬ちゃんは……だからこそ、これからも、深夏の傍《そば》に居るんだね」

俺のその言葉に、真冬ちゃんは元気よく「はいっ」と笑う。

「先輩への好意はルール違反だけど、もう、譲《ゆず》れないです。でも、だからこそ、そのルール違反だけは許して貰《もら》えるように、これからも真冬は、お姉ちゃん一筋《ひとすじ》でいようと思うんです。先輩への気持ちだけは譲れないからこそ、真冬は、もっともっと、今まで以上に強くお姉ちゃんの味方で居たいと願います」

そこで一区切りし、そして、「だから先輩――」と、真冬ちゃんは微笑《ほほえ》む。

「大好きでした、先輩。そして、だからこそ、さよならです、先輩」

それは……とても綺麗《きれい》な笑顔で。悲愴《ひそう》さなんて、微塵《みじん》もなくて。

だけど……納得出来ないように、会長が「そんなのっ！」と叫《さけ》ぶ。

「……駄目《だめ》だよ……。……ズルイよ、そういうの……」

「会長さん……」

「ズルイよ……」

感情が纏《まと》まってないらしい。知弦さんも、何も言わず、黙《だま》って状況《じようきよう》を見守《みまも》っていた。

俺は、深呼吸をして、真冬ちゃんの目を見る。

「それで、真冬ちゃん。真冬ちゃんは、どうなりたいの？」

「？　はい？　どうなりたい？」

ぽかんとする真冬ちゃん。……いやいやいやいや。

「告白したということは、その、つまり、遠距離《えんきょり》恋愛《れんあい》でも付き合って欲しいとか、そういう要求が当然……」

「あ、ないです。別に付き合って欲しくないです」

『ええっ!?』

唖然《あぜん》とする俺達。真冬ちゃんは、相変わらずのぽわぽわしたマイペースなトーンで続けた。

「え、だから、言ってるじゃないですか。告白したかっただけですって」

「あ、いや、だから、告白って、付き合うための……」

「ふぇ？　そうなんですか？　あ、じゃ、告白やめます。撤回《てっかい》です」

「ええっ！」

撤回された。告白、撤回された。……なにこの、新手《あらて》の人の傷《きず》つけ方。

「真冬、別に先輩と付き合いたくはないです、はい」

「がーんっ！」

なんか、勝手に告白されて、勝手にフラれていた。

「あ、でも、真冬、先輩が大好きです、LOVEです。そういう意味です」

「え、なにその、変な生殺《なまごろ》し」

ふらふらと、真冬ちゃんに手を伸《の》ばす。すると、ひょいっとかわされてしまった。

「どんと、たっち、みー！」

「えぇー。俺のこと好きだって言ったくせに～。手繋《てつな》がせろ～、キスさせろ～！」

「えと、先輩好きですけど、やっぱりあんまり触《さわ》られたくないです」

「結局男性駄目《だめ》なんじゃんっ！」

「元はお姉ちゃんからの教えですけど、歴史がありますからねー。もう、真冬、普通《ふつう》に、男性から触られるの、や、です」

「えええええええ」

「でも、先輩LOVE。離れても、ずっと好きですよ～」

「えええええええええええええ」

なんだこれ。なんか、すげー酷《ひど》いことされているんじゃなかろうか、これ。

知弦さんが、額を押《お》さえて嘆息《たんそく》していた。

「とんだ悪女が潜《ひそ》んでいたものね……」

「怖《こわ》いわ……真冬ちゃん……恐《おそ》ろしい女だわ……」

会長まで、真冬ちゃんに怯《おび》えている。真冬ちゃんは「？」と、無邪気《むじゃき》に首を傾《かし》げつつ、上機嫌《じょうきげん》に自分の席に戻《もど》り、ぺらぺらとBL小説を読み始めていた。……えと、あの子、俺が好きなんですよね？　俺に、恋しているんですよね？

俺は、念のため、訊《たず》ねてみる。

「えと……真冬ちゃん？　友達《ともだち》としてじゃなくて、男として、俺が好きなんだよね？」

「？　はい。多分」

「多分かよ。……えと、異性《いせい》として好きっていうことは、つまり、その、スキンシップとか、ちゅーとか、十八禁的なこともしたいっていうことじゃ……」

「え？　えーと………。……あんまり」

「ええー。じゃあ、普通に友達として好きなのと変わらないんじゃ……」

「そんなことないですよっ！　真冬、先輩とイチャイチャしたいですもん！」

「そ、そう？」

「はいっ！　一定距離《きょり》を保った状態で！」

「それが分からない！」

「あ、先輩と中目黒《なかめぐろ》先輩が十八禁なこととしているのを、見せていただくと、真冬はとても盛《も》り上がると思いますっ！」

「歪《ゆが》んでるよっ！　なんかその恋心《こいごころ》、かなり歪んでいるよっ！」

「恋に正解とか無いんですよ、先輩！　真冬は先輩に恋をしているのです！」

「……ああ、うん。もう、なんか、いいや」

「先輩LOVEです」

「はいはい。俺も好きだよ、真冬ちゃん」

「はぅ。相思相愛《そうしそうあい》っ！　幸福ですねー」

「……そうだね」

なんとなく幸福な気はした。……ただ、よく考えると、どうもかなり違《ちが》う気もした。

知弦さんが、ぼそぼそと何か呟《つぶや》いている。

「……嫉妬《しっと》のタイミングが、よく分からないわね……」

「知弦さん？」

「……なんでもないわ。なんかもういいわ、真冬ちゃんに関しては」

「……その結論に関しては、俺も同意です」

俺、会長、知弦さんの、真冬ちゃんに散々振《ふ》り回された三名は、とても深い溜息《ためいき》を吐《つ》く。

そうこうしていると、深夏が生徒会室に帰還《きかん》した。シリアスな表情で帰ってきたが、俺達の状態を見ると、目を丸くする。

「……なんか、あたしが出てった時と、かなり空気が変わってるんだが」

「ああ……深夏」

「会長さん。なんかあったのか？」

「……そうね。もう、なんか、二人の転校とか、ちょっとどうでもいいかも」

「ええっ!?　なにその扱《あつか》いっ！」

深夏はそう返しながらも、席につく。

『…………』

…………。

が。

……どうでもいいわけなんか、なかった。深夏が帰ってくると、やっぱり、転校の事実を思い出してしまって。真冬ちゃんの告白にかこつけて崩《くず》した空気も、やっぱり、長くはもたなくて。

それを理解しているのだろう。深夏は……さっさと進めるために、あっさりと、告げる。

「転校、決めてきたよ。あたしは、母さんについていく。今度は……少しだけ、努力、してみようと思う。駄目《だめ》かもしれねーけど……義父《とう》さんを……新しい家族を受け容《い》れられるよう、精一杯《せいいっぱい》、やってみようと思う」

皆を見回《みまわ》し、自分の結論を告げる。

俺達は何も返せず……代わりに、真冬ちゃんが応じた。

「決めたんだね……」

「ああ。……鍵を見ていたらさ。男が家に居《い》るってのも……そんなに、悪いことだけじゃねーんじゃねーかなって……。大事なのはさ、楽しくやろうって、前向きに考えることなんじゃないかなって……思ったから。まあ、ハーレム云々《うんぬん》言う父親だったら、確実にしばくけどな」

「そうだね」

真冬ちゃんは、ふふっと笑う。しかし……徐々《じょじょ》にその表情は沈《しず》みこみ……。

そして、今までの気丈《きじょう》な振《ふ》る舞《ま》いから一転……遂《つい》に、真冬ちゃんは、ぽろぽろと涙《なみだ》を流し始めてしまった。

「もう……来月には、生徒会とも……皆《みな》さんとも……先輩とも、お別れ、なんだね」

その言葉に。

俺達も、もう、涙腺《るいせん》が耐《た》え切れず——

「へ？　いや、転校するのは、来年の春だぞ？」

…………。

…………………。

…………………………………………。

『は？』

全員……真冬ちゃんまで、愕然《がくぜん》とする。

深夏は、ぽりぽりと頭を掻《か》いていた。

「いや、我慢《がまん》するのを決めたとは言っても、無条件であたし達だけ振り回されるのもシャクだしさ。じゃあ同居はする代わりに、せめて今年の生徒会が終わるまで……あたし達が三年になるまでは、待ってくれって交換《こうかん》条件を母さんに突《つ》きつけた。母さん、少女みたく『うーうー』唸《うな》ってたけど、最終的には折れた。だから、転校は、まだ半年ぐらい先だぞ」

『…………』

「どうせ、三月には会長さんと知弦さんが卒業しちゃうしな。別れるなら、そのタイミングの方がいいだろ。鍵に未練ねーし、これなら全然悲しくない」

「うぉい」

「というわけで、ま、結論として……現生徒会の任期は全《まっと》う出来るわけだな。ん、めでたし、めでたし。あー、スッキリしたぜ！」

『…………』

全員……深夏以外の全員、真冬ちゃんも含《ふく》め、アイコンタクトを交《か》わす。

そうして……一人笑顔《えがお》の深夏に……全員で一斉《いっせい》に……。

怒鳴《どな》る。

『そんな逃《に》げ道あるなら、最初から言っておけぇえええええええええええええ！』

「わあっ⁉　ちょ、なんだよ真冬まで！　ば、こら、鍵、どさくさに紛《まぎ》れて髪解《かみほど》くなっ！　っていうか、な、誰《だれ》だ今胸揉《むねも》んだの！　や、にゃ、会長さん、なに太もも触《さわ》って——って、知弦さん首筋嚙《か》むなよっ！　痛《いて》ぇよっ！　って、ああ、変な痕《あと》ついちゃってんじゃんかっ！　明日《あした》からどうすんだよ、これっ！……うぅ。ああ、もう、やっぱりさっさと転校すりゃ良かった————！」

俺の……期間限定ハーレムは。

今日も、元気一杯《いっぱい》だった。

＊

○通りすがりの顧問《こもん》によって盗《ぬす》み聴《ぎ》きされた、とある通話記録

「あ、母さん。うん……うん……そう、転校の件。ああ……決めたよ。…………。……うん。ついていくよ……母さんに。その、再婚《さいこん》相手の人とも一緒《いっしょ》に……暮《く》らして、みるよ。

って、ちょ、何泣いてんだよっ！　泣くなよ！　そ、そんな感謝《かんしゃ》されることじゃ……、うぅ、恥《は》ずかしいなぁ、もう。

とにかく、そういうわけだからなっ！

あ、でも、一つ条件つけさせてもらうぞ！…………。……その言葉忘れるなよ。『なんでも言って』って、今、言ったからな。

あのさ。転校だけど、来月っていうのやめて、半年後にしてくれ。…………。

…………なんかすげー唸《うな》ってるとこ、悪いんだけど、さっき『なんでも言って』って言っただろ。…………や、だから、そんなに唸られても。……うん、駄目《だめ》。問答無用。

……や、非行《ひこう》じゃねーし！　ぐれてねーし！　ああ、もう、いいから条件呑《の》めよ！

え？　理由？　友達が……え？　そんなのじゃ納得《なっとく》出来ない？　そう言われてもな……。

……子供かよ。

………。

その、さ。……ちょっと、気になるヤツがいるんだ。……や、そう早まるなよっ！　恋って！……うぅ。こ、恋とかは、まだ、分かんねーけど。その……アイツともう少し居たら、分かるかもしれないって、思うんだ。母さんが……男の人を、求める気持ちとか。誰かと……家族以外の他人と、ずっと一緒に居たいって、願う気持ち。なんとなく……アイツと一緒に居たら、そういう母さんの気持ち……理解、出来そうでさ。

それが今までは、怖《こわ》かったんだ。友達としてっていう言葉で括《くく》っちゃうのが、凄《すご》く、楽だった。それで、いいと思ってたんだ。

でも……真冬が……妹が、前に進もうとしてるんだ。だったら……あたしも、ちゃんとしなきゃなって。しっかりしなきゃなって。自分の気持ちと……向き合わなきゃなって。

……え、や、三角関係とかじゃねーし！　そういう言い方すんなよ！……まあ、考えようによっては、五角関係ぐらいな気もするけど……。

や、なんでもない。なんでもねーって！……五番目の女とか言うなー！　母さんより不毛な恋愛《れんあい》してるとか、言われたくねーよ！　た、確かに駄目男なのは認《みと》めるけどなっ！

と、とにかく、そういうわけだからなっ！

え？　じゃあ、しょうがないって？……あ、うん、ありがとう……母さん。

うん……じゃ、また、家で。

夕飯？……………母さんの手作りハンバーグが、いい……かな」

【えくすとら～流行する生徒会～】

「時代の流れを読む者こそが、人生の勝ち組となるのよ！」

会長がいつものように小さな胸《むね》を張《は》ってなにかの本の受け売りを偉《えら》そうに語っていた。

ゆるーい、経済《けいざい》関係の本でもパラパラ読んだのだろうか。なんだか、とっても今更《いまさら》なことを、「どうだっ、この着眼点《ちゃくがんてん》！」と言わんばかりの態度で告《つ》げられた。

嘆息《たんそく》しつつも、知弦《ちづる》さんが応じる。

「まあ、確かにそれはそうね。結局のところ、どんな分野にせよ、先見《せんけん》の明《めい》がある人が勝ち上がっていくものよね」

「そうなの！」

「だからこそ、アカちゃんは駄目《だめ》人間なわけだし」

「ち、違《ちが》うよ！　先見の明がある選ばれし人間だからこそ、会長になれてるんだよ！」

「そうかしら……」

と、いうより、周囲の人達に見る目があったからこその、今の会長という状況《じょうきょう》だと思うが。…………。……いや、見る目、あったのか？　一応これでも学園生活成り立っているから、ある意味では、会長以外皆優秀《みんなゆうしゅう》な生徒達なのかもしれない。

しかし会長はそんなことを考えるはずもなく、まだ演説《えんぜつ》を続けていた。

「生徒会の一存《いちぞん》シリーズも、もう五冊目！　ここまで暴《あば》れても打ち切りになってないところを見ると、なんか、変な人気あるっぽいわ！」

「そうでしょうか……」

真冬《まふゆ》ちゃんが、今ひとつ信じきれないように呟《つぶや》く。

「しかし、それに満足してはいけない！　我々《われわれ》は、もっと上を目指すのよ！」

「ああ、映画化とかしたいんだっけ？」

深夏《みなつ》の質問に、会長は「それも含《ふく》めてだけど」と軽く頷《うなず》く。

「もっと生徒会の一存シリーズをヒットさせるには、時代を先読みする必要があると思うの！」

「まあ、言っていることは何も間違《まちが》ってないわね」

知弦さんはそう言うものの。顔は「面倒臭《めんどうくさ》いわねー」という感情で一杯《いっぱい》だった。……基本無表情な知弦さんだけど、ここまで毎日放課後密度《みつど》の濃《こ》い付き合いをしていると、彼女《かのじょ》の心の内も大分分かるようになってきた。

知弦さんの見せ掛《か》けだけの賛同《さんどう》を得て勢いをつけた会長は、早速《さっそく》、今日《きょう》の会議の具体的なテーマを告げる。

「そんなわけで、今日は、時代を先取りするよー！　少し先に流行《りゅうこう》することを読んで、シリーズを次のステージへと押《お》し上げちゃうよー！」

『(別に押し上げたくない……)』

全員がそう思っていたものの、口答えはしない。無駄《むだ》な労力を使っても仕方あるまい。

会長が、早速俺達《おれたち》に話を振《ふ》ってくる。

「さて、じゃあ……そうね、深夏！　深夏はこれから、何が流行《はや》ると思う？」

「げ、あたしかよ」

いきなり当てられた深夏はげんなりとしていたが、すぐに諦《あきら》めると、「うーん」と頭を掻《か》く。

「そういえば、以前うちの学校で怪談《かいだん》ブームあったときなんかは、そのちょっと後に、世間でも軽く怪談ブーム来たよな」

「あー、あったわね。つまり、次は怪談が来ると？」

「うーん。ま、夏は毎年怪談が流行るから、あんまり意味はないよな。あれも、結構あっさり収束《しゅうそく》したし。っていうか、それじゃなくても、ブームって、同じものが流行するのには、結構年月経《た》たないと無理《むり》じゃね？」

「な、なるほど！　つまり、ここ最近流行したものは、もう、アテにならないと！」

「ん、そうかもしんねーな」

「深くていい感じよっ！　それで、それでっ、そんな理論を持つ深夏が導《みちび》き出した、未来の流行って――」

「熱血《ねっけつ》だっ！」


「結論はいつも一緒《いっしょ》！」

まあ、誰《だれ》もがそうなると思っていたが。どんな思考径路を辿《たど》ったところで、深夏の行き着くところなんて、そこぐらいしかありゃしない。

しかし、周囲の空気に反して、深夏は自信ありげだった。

「いや、ちゃんと考えてるって。最近はほら、やたら『萌《も》え』が流行るから、そろそろ、一周回って『燃え』のブレイクが来るんじゃねーかなーと」

「む。一理あるわね」

「だろ？　グレン○ガンとかに便乗しようぜ」

「便乗はしないよ！　それに……どうやって、生徒会が熱血ブームに乗ればいいのよ」

「……修行《しゅぎょう》だな」

「しゅ、修行？」

「おうよ！　ここらで合宿《がっしゅく》とか開いて、生徒会役員達が全員パワーアップするっていう展《てん》開《かい》とか盛《も》り込《こ》めばいいんじゃねーかな！」

「賛成！」

俺は、その意見に対して即座《そくざ》に賛成した。しかし、深夏は冷たく俺を睨《にら》む。

「鍵《けん》はどうせ、女と寝食《しんしょく》を共にすることで起こる破廉恥《はれんち》なイベントでも期待してんだろ」

「うぐ」

完全に見抜《みぬ》かれていた。深夏は「やれやれ」と肩《かた》を竦《すく》める。

「これだから、素人《しろうと》は」

「し、素人？」

「いいか？　熱血と萌えっていうのは、ブレンドが難《むずか》しいんだ。若干《じゃっかん》の恋愛《れんあい》成分は熱血のいいスパイスになるが、必要以上の萌えやエロスは、時に熱血を阻害《そがい》しかねない」

「そ、そうなのか」

「ああ。まず大前提《だいぜんてい》として、ヒロインは多くて二人までだな。あたしの基準《きじゅん》だと」

「おわっ！　もう既《すで》に、俺のハーレム思想と食い違《ちが》ってしまっている！」

「だろう。三人以上可愛《かわい》い女の子が出てきて主人公とラブラブしちゃうと、こう、汗臭《あせくさ》くて泥臭《どろくさ》いパートが、相対的に少なくなっちまう。主人公が、苦境じゃなくて、幸福な状況に居る時間が多くなっちまう」

「ぬぬぬ……」

「そんな野郎《やろう》、あんまり応援《おうえん》出来ねーだろ？　というわけで、合宿は、鍵だけ別の場所で行《おこな》って貰《もら》う」

「そんな！　寂《さび》しすぎるじゃないかぁっ！」

「じゃあ、中目黒《なかめぐろ》の同行も可」

「余計いやだぁぁぁぁあ！」

「ま、真冬も、そっちについて行きたいです！」

「ああっ！　女の子要員増えても、このケースだと全然喜べねー！」

俺は悶《もだ》えまくる。その間に、深夏は会長と会議を再開させていた。

「そんなわけで、合宿！　これに決まりだな！」

「いやいやいやいやいや！　どんなわけよ！　杉崎《すぎさき》がBLの道に落とされただけですけどっ⁉」

「そうか？」

「そうよ！　そもそも、生徒会の合宿ってなによ！　なにを修行するのよ！」

「……滝《たき》に打たれたり」

「生徒会活動に一切《いっさい》関係ないでしょう、その修行！」

「精神修行になるさ！　悟《さと》りが開けるはずだ！」

「全員が悟りを開いている生徒会なんて、ちょっとやだよ！」

「じゃあ、拳《こぶし》で滝が割れるようになるかもしれねーし！」

「生徒会役員に、そんなジャ○プキャラみたいな戦闘力《せんとうりょく》は必要ないよ！」

「単純に戦闘力上がるのがイヤだってんなら……そうだな。川とかで、緩《ゆる》やかな流れを感じたりするか」

「？　それは、なんかリフレッシュ出来て楽しそうだけど……」

「水の流れをその身に感じることで、今まで自分が如何《いか》に力を無駄《むだ》に使っていたかを知り、そして、力を一点集中することで、最小限のエネルギー消費で最大限の破壊《はかい》効果を得るという、超必殺技《ちょうひっさつわざ》を体得――」

「してどうするのよ！　その技、学園で絶対使わせないよ！」

「じゃあ、合宿の三日間、生徒会は師匠《ししょう》の指示でずっと、卓球《たっきゅう》ばかりさせられるんだ。

『こんなの生徒会活動の何に役立つというの！』。苛立《いらだ》つ生徒会役員達。しかし、結局卓球ばかりをやらされ、三日。それだけで合宿を終えてしまう。しかし、彼女《かのじょ》らは帰宅後に、気付くんだ。『あたし……動体視力《どうたいしりょく》と反射神経が著《いちじる》しく上がっている！』」

「結局生徒会活動の何に役立つというのよ――――！」

「じゃあ、森林の中で大自然と一体となり、深呼吸《しんこきゅう》を繰《く》り返すとか、どうだ？」

「ああ、それはいいわね。とても気持ち良さ――」

「元〇玉を習得出来るかもしれない！」

「だから、必要ないでしょ、戦闘能力《のうりょく》！」

「あ、せっかく森に行くんだったら、会長さん、リアルアニマル会議出来るな！」

「やだよ！　脳内だからいいんだよ！　リアル熊《くま》さんと面と向かって会議とか絶対したくないよ！」

「いい修行になりそうだな……熊《くま》・狐《きつね》・兎《うさぎ》・狸《たぬき》と一戦交《まじ》えるなんて……」

「それで何が得られるというのよ！」

「んー……生きてるという実感？」

「そんなハードな会議はいやぁぁぁぁぁああ！」

「なにはともあれ、とにかく合宿による熱血展開《てんかい》！　これからの時代は、それが来る！」

「来ないと思うよ！」

会長は全力で深夏の意見を否定《ひてい》する。……熱血のジャンル自体はアリかもしれないが、流石《さすが》に生徒会合宿はナシだったようだ。

会長はくるりと深夏から視線《しせん》を逸《そ》らし、変な意見言いそうな俺や真冬ちゃんをあっさり無視して、親友に縋《すが》りついた。

「知弦ぅ。知弦は、なんか未来が見えてそうだよねっ！」

「ええ、そうね。近い未来株《かぶ》の値段が高騰《こうとう》する企業《きぎょう》ぐらいだったら、朝飯前《あさめしまえ》」

そこ分かるって、もう、充分《じゅうぶん》すぎるレベルなんじゃないでしょうか。

「そういえば、学園でハンバーガー流行《はや》った時、これは世間でも改《あらた》めて来るんじゃないかと関連の企業《きぎょう》の株を買って、大分利益を上げさせて貰《もら》ったわ」

「あ、確かに一時期凄《すご》かったもんね、ハンバーガー。新商品がバカ売れしちゃって」

「ええ。おかげで両親も上機嫌《じょうきげん》」

「そんな知弦から見て、これからは、どんなものが流行ると思う？」

「そうねぇ」

知弦さんが顎《あご》に指をやって目を細める。

「破滅《はめつ》、かしら」


「そんなものが流行する未来はいや――――――！」

「いつの世も、人は、心のどこかで悲劇《ひげき》や崩壊《ほうかい》を望んでいるものなのよ」

「やめようよ、そういう主人公に倒《たお》されそうな思想！」

「くくく……人の世に、真の救済《きゅうさい》……破滅を」

「どこかのラスボスさんですか!?」

「冗談《じょうだん》はさておき、でも、物語の中という意味においては、破滅的な描写《びょうしゃ》が流行することは充分考えられるわ」

「そうかなぁ」

「そうよ。漫画《まんが》なんか顕著《けんちょ》よね。ドラゴン○ッドとか20世○少年とか、昔のでいくと漂《ひょう》流《りゅう》○室とかサバ○バルとか……北○の拳《けん》もそう。あと変化球気味だけど、デス○ートなんかも、ある種の終末を描《えが》いているわよね」

「む。そう聞くと確かに、終末ものは面白《おもしろ》かったり、流行ったりしてるかもっ」

「というわけで、生徒会にも、破滅を」

「やっぱりラスボスだ――――――！」

会長がぶるぶる震《ふる》えていた。……このシリーズで最終的にどうにかすべきなのは、知弦さんなのかもしれない。最初から身内に黒幕《くろまく》が潜《ひそ》んでいたなんて……。

知弦さんは、ニィっと、口の端《はし》を釣《つ》り上げる。

「次の巻で、生徒会メンバーが、まず一人欠けるわ」

『！』

生徒会室に緊張《きんちょう》が走る。会長が、恐《おそ》る恐る、訊《たず》ねた。

「それは……誰《だれ》か、やめちゃうってこと――」

「ああ、そういう生温《なまぬる》いことじゃないわね」

『！』

ぶるぶるぶるぶるぶるぶるぶるぶる。

「い、一体、だ、誰が……」

「それは言わないわよ。誰が死ぬか分からないからこそ、盛り上がるんじゃない」

「死ぬって言っちゃった！　言っちゃったよ！」

「あ。…………。……誰が欠けるか分からないからこそ、盛り上がるんじゃない」

「言い直しても駄目《だめ》だよ！」

「そして、犯人《はんにん》は一体何者なのか。疑《ぎ》心暗鬼《しんあんき》に陥《おちい》る生徒会」

「確実に知弦だよ！　怪《あや》しさ二百パーセントだよ！」

「女だけになってしまった生徒会で、女同士のドロドロした執念《しゅうねん》がぶつかる」

「俺かぁあああああああああ！　被害者《ひがいしゃ》俺かぁあああああああああ！」

酷《ひど》いネタばれ&犯行予告&死刑宣告《しけいせんこく》を喰《く》らった。

皆《みんな》が俺に同情的な視線を向ける。俺はしくしく泣きながら、画用紙に「第一の被害者」と記して、胸に貼《は》り付けた。……皆、いたたまれなくなったのか、俺から……被害者から目を逸らす。……うぅ。

知弦さんはぼかすのを諦《あきら》めたのか、本格的に物語り始めた。

「さて、この時点で『生徒会』としては、もう若干崩壊《じゃっかんほうかい》気味よね」

「破滅の始まりだ……」

深夏が、世紀末漫画《まんが》みたいなセリフを呟《つぶや》いていた。

「そこに加えて、キー君の死因が、謎《なぞ》の感染症《かんせんしょう》」

『！』

「症状《しょうじょう》は、体中の毛穴《けあな》からにょろにょろ……」

「にょ、にょろにょろ？」

「……いえ、これ以上はちょっと、ね」

「俺、どんな死に方したんだぁああああああああ！」

すっごいいやな最後なのは、確かなようだ。

「キー君の死体は国の研究施設《しせつ》に運び込まれ、対策《たいさく》が検討《けんとう》されるも、時既《すで》に遅《おそ》し。日本には次なる感染者が……」

「俺、なんか最悪だぁ！」

死後も他人に迷惑《めいわく》かけまくりだった。

「そうして、碧陽《へきよう》学園でも、にょろにょろにょろにょろ……」

「ですから、なんなんですか、そのにょろにょろって！」

真冬ちゃんは涙目《なみだめ》だ。

「そんな矢先、生徒会室から見つかる、謎の液体が入った注射器」

「ま、まさかっ！」

「そう。それは、その感染症を発生させた、そもそもの元凶《げんきょう》」

「は、犯人はこの中にいるっ！　っていうか、知弦！」

「しかし、にょろにょろで死ぬ私。腕《うで》には注射の痕《あと》。そして、抵抗《ていこう》して暴《あば》れた痕跡《こんせき》」

『！』

は、犯人は知弦さんじゃないだと!?　俺は、慌《あわ》てて画用紙に「第二の被害者」と記して、知弦さんに手渡《てわた》す！　知弦さんが胸にぺたりとそれを貼《は》る！

物語は急展開だ！

「は、犯人は……真冬達の中に……」

ごくりと唾《つば》を飲《の》み込《こ》む、会長と椎名《しいな》姉妹《しまい》。

最早《もはや》、生徒会室は完全に知弦さんのテリトリーだった。

「そんな中、遂《つい》に海外にまで飛び火するにょろにょろ」

「にょろにょろ……なんてこと……」

「生徒会室では、疑心暗鬼《ぎしんあんき》の末、遂に最悪の事態に」

「さ、最悪って……」

「真冬ちゃんが、深夏をナイフで……。……うぅ」

泣き真似《まね》をする知弦さん。深夏が、がたんと椅子《いす》を鳴らして、よろよろと立ち上がった。

「真冬……そんな……」

「お姉ちゃん……ごめんなさい……」

「あたし達……真の絆《きずな》で結ばれた、唯一無二《ゆいいつむに》の姉妹じゃ……なかったのかよ……」

なぜか、実際に刺《さ》されたわけでもないのに、腹《はら》を押《お》さえて膝《ひざ》をつく深夏。

真冬ちゃんは……しかし、恐《おそ》ろしく冷たい目で深夏を見下《みお》ろしていた。

「結局信じられるのは、真冬自身だけなんだよ。お姉ちゃん。ふふふ」

「ま……ふ、ゆ」

がくり。俺は倒《たお》れた深夏の背に、「第三の被害者」と書いた画用紙をぺたりと貼り付ける。皆、意外とノリノリだった。

さて、いよいよ事態はクライマックスだ。

「遂に世界中に広まり、最早《もはや》収拾のつかないところまで広まったにょろにょろ」

「ああ、人類が……にょろにょろで滅《ほろ》んでいく……」

「もう破滅の未来は免《まぬが》れない。唯一《ゆいいつ》の希望は……犯人を見つけ、その人物が薬を持っていることを期待するのみ。しかし、もう、警察機構《けいさつきこう》は崩壊《ほうかい》、誰もそんなことをしている余裕《よゆう》はない」

「全《すべ》ては……私達生徒会役員に託《たく》されてしまうわけね」

「あれ？　でも、残っているのは……」

真冬ちゃんがそう気付いたところで、知弦さんの目が暗く光る。

「そう、二人。そして、よく考えて。真冬ちゃんは、なぜ最愛の姉である深夏を刺《さ》すに至ったのか」

「！　は、犯人と疑ったからです！　にょろにょろ発生の！　つまり真冬も真犯人ではないっ！　だったらもう——」

真冬ちゃんがハッと顔を上げる。その瞬間《しゅんかん》……会長が、ニヤリと、微笑《ほほえ》んだ。

「くくくくく……」

笑う会長。実に不気味《ぶきみ》だ。完全に、自分に与《あた》えられた役に入り込《こ》んでいる。

そして、顔をバッと上げて、遂に彼女が正体を現す！

「はははははははっ！　そう！　私こそが、世界を破滅に追い込んだ張本人、にょろにょろマス——」

「と見せかけて、にょろにょろで死んじゃうアカちゃん」

「にゃっ!?」

フェイクだった。会長が呆然《ぼうぜん》とする中、俺は画用紙に「第四の被害者」と書いて、そのぺったんこの胸に貼《は》り付けよう……として殴《なぐ》られ、仕方ないので、手渡《てわた》す。

会長がぺたぺたと胸にそれを貼ったところで、語られる結末。

「つまり、犯人は……」

「ま、真冬だったのですね！　真冬が、にょろにょろを振《ふ》りまいた真の——」

「真冬ちゃんがそう悟《さと》った瞬間、しかし、真冬ちゃんの体からもにょろにょろが！」

『！』

「そして、世界中が、にょろにょろにょろにょろにょろにょろ！」

『ああっ！』

「THE　END」

『怖《こわ》いぃぃぃぃぃぃぃぃぃぃぃぃぃぃぃぃぃぃいいいいい！』

世界、終わりました。めっちゃ破滅しました。

語り終えた知弦さんは、満足そうに息を吐《は》いて、笑顔《えがお》を見せる。

「こういう物語の流行《はや》る破滅ブームが、近い将来必ず来るわよ、アカちゃん」

「来るとしても、それに乗るのはいやだよ！」

「あら、残念」

あっさり引き下がる知弦さん。深夏が起き上がり、皆が被害者画用紙を外したところで、知弦さんがサラリと衝撃《しょうげき》の事実を告《つ》げた。

「結局犯人は、最初に死んだキー君だったのだけれどね」

「……え。えぇえええええええええ!?　俺っすか!?」

なんかもう、踏《ふ》んだり蹴《け》ったりの真相だ。

「ええ。キー君の『俺のものにならないなら、もういっそ滅《ほろ》んでしまえホトトギス計画』によって、人類は滅んだのよ」

「な……」

「キー君がしたことは、結局、数本の注射器を残したのと、にょろにょろ自殺だけ」

「なんてこった……」

「あとは、疑心暗鬼《ぎしんあんき》に囚《とら》われた生徒会役員達が、色々なキー君の用意した勘違《かんちが》いトラップの結果、勝手に感染症を広めてしまったのよ……」

「ああ……なんて悲劇《ひげき》だ……」

まさに、ハーレムの崩壊《ほうかい》だった。バッドエンドにもほどがある。

そして、なぜか――

「? み、皆《みんな》、なんで、俺をそんな冷たい視線《しせん》で見るんだ！」

『……別に』

会長と椎名姉妹から、凄《すご》いいやーな目で見られていた。ああっ！　やってもいないことで、俺の好感度が激減《げきげん》!?

知弦さんが、声は出さずに「計画通り」と唇《くちびる》を動かす。……な、なんだろう、あの悪魔《あくま》は。例のにょろにょろ事件《じけん》だって、多分、俺の精神状態さえ知弦さんが仕組んだ結果な気がしてきたぞ。いや、架空《かくう》の事件だけど。

混乱が一段落《いちだんらく》したところで、真冬ちゃんが「それよりは……」と自分の領域《りょういき》に話題を持ち込《こ》んできた。

「ボーイズラブの方が、まだ流行《はや》る余地あると思いますけど……」

「また真冬ちゃんは、そういうことを……」

俺が呆《あき》れた風に呟《つぶや》くと、真冬ちゃんは表情をムッとさせた。

「真冬、先輩《せんぱい》は大好きですけど……別れの原因は、価値観の相違《そうい》になりそうです！」

「まだ付き合ってさえないけどね」

ばんばんと、可愛《かわい》らしく机《つくえ》を叩《たた》く、憤慨《ふんがい》真冬ちゃん。

「彼女《かのじょ》じゃなくても、真冬を愛しているなら、先輩は理解しようと努力すべきです！」

「えぇー。……なんか、告白したのは真冬ちゃんのクセに、どうもあれから俺の方が劣勢《れっせい》になった気がするんだけど……」

「そんなことないです。真冬は、極《きわ》めて一般的《いっぱんてき》な要求をしているだけです」

「一般的な女の子が、ＢＬへの理解・そしてリアルな第一歩を、彼氏《かれし》……というか恋《こい》する相手に求めるかな……」

「先輩がそんなだから、真冬と先輩は、まだ彼氏彼女じゃないんですよ！」

「ええっ!?　俺達の恋愛の障害《しょうがい》って、あとそこだけなの!?」

「そーです。ＢＬの道に踏《ふ》み出せば、先輩も晴れて、彼女持ちです」

「ぐぁっ！　なんか……俺、今、すげー理不尽《りふじん》な選択《せんたく》を迫《せま》られている気がする！」

「さぁさぁ先輩、こちらの世界へおいでませ～」

「うぐ……」

俺と真冬ちゃん（お互《たが》い好き同士）は中々《なかなか》にラブラブなやりとりを交わす。ふと、これは生徒会メンバーから可愛《かわい》い嫉妬《しっと》があってもおかしくないぞと、周囲に視線をやるも、誰も、特別な反応《はんのう》は示してなかった。

「あ、あれ？　皆〜。俺と真冬ちゃん、一歩近付いちゃってるよ？　なんかこう、ラブコメなら当然あって然《しか》るべき反応とか……」

そう問題提起するも、会長、知弦さん、深夏は各々《おのおの》キョトンとし、なんだかとてもテキトーな反応を示した。

「杉崎に彼女なんて出来るはずないし」

「キー君と真冬ちゃん付き合ったら、なんか、それはそれで面白《おもしろ》そうよね」

「なにより、うちの妹が持つガードの壁《かべ》は、実はまだ何一つ破《やぶ》られてねーし」

「そ、それでもハーレムメンバーかっ！」

怒《おこ》ってみるも、皆、「だってねぇ」という感じだった。……くそ、なんだかんだで、誰《だれ》一人《ひとり》、俺と真冬ちゃんが付き合えると思ってないらしい。

いいさ。こうなったら……少しずつ、真冬ちゃんに歩み寄ってやる！

「わかったよ……ああ、わかった、真冬ちゃん。いきなりＢＬを受け容《い》れることは出来ないけど……こんな俺にも興味《きょうみ》を抱《いだ》かせるような何かがあってこそ、流行になるんだ」

「先輩！　真冬の話を聞いてくれるんですか!?」

「ああ……やるだけやってやるさ！」

「や、やるんですかっ！　やっちゃうんですかっ！」

「そこだけ抜《ぬ》き出すなよ！　と、とにかく、ＢＬが流行する理由をさっさと言ってみてくれ。本当に流行が来るようなら、俺だって、そっち系の本に手を出してみるのもやぶさかじゃないさ」

「了解《りょうかい》です！　先輩が歩み寄ってくれるなんて……ちょっと感動です。真冬の好感度が、3、上がりました」

「いやな選択肢で上がるんだね、真冬ちゃんの好感度」

思っていた以上に茨《いばら》の道だった。

真冬ちゃんは、こほんと、咳払《せきばら》いする。

「先輩はいっつも真冬をマニアックな子と馬鹿《ばか》にしますが、そもそも、ＢＬは今やそこまでディープなジャンルじゃないです！　その証拠《しょうこ》に、真冬に比べれば一般人《いっぱんじん》の生徒会役員の皆《みな》さんだって、ＢＬというジャンルの存在や、大まかな内容ぐらいは、把握《はあく》しているじゃないですかっ！」

「う……それはそうだけど……」

「今は、先輩の言う『エロゲ』と、そんなに認知度《にんちど》変わらないですよ、BL！」

「ううん……でも、俺もそうだけど、エロゲに手を出す層は、まだまだ『一般』とまでは言えないと思うよ。BLだって、実際に手を出す女子はそんなに……」

「なにを言っているんですかっ！　そんな状況《じようきよう》だからこそ、ブレイクの予感がするんじゃないですかっ！」

「と、言うと？」

「女の子は皆潜在《せんざい》的に、BLが好きなんです！　だから、あとは入ってきやすい入り口を作ってあげるだけなんです！　テニスの王〇様なんかが、まさにそれです！」

「あれは……基本は別にそういう話じゃないだろう？」

「そこです！　そこですよ、先輩！　エロゲと違《ちが》うところは！　BLの魅力《みりよく》を伝えるのに、必ずしも直接的な描写《びようしや》は必要ないんです！　要は、『匂《にお》わせる程度の設定《せつてい》』さえあれば、それだけで真冬達は加速していく！」

「なんかカッコよく言ってるけど、ただの妄想《もうそう》好きな乙女《おとめ》じゃん！」

「究極的には、直接の絡《から》みなんてBLに不要！　ナ〇トとサ〇ケぐらいの接点しかなくて全然OK！　BLの真の魅力《みりよく》は、『妄想』にこそ宿るのです！」

「……そんなジャンルが、流行《はや》るかなぁ。世の中、俺や真冬ちゃんみたいなのは、結構少数派だと思うけど」

「違います。作品でうまく誘導《ゆうどう》してあげることによって、知らず知らずのうちに妄想を喚《かん》起《き》させて、一般層さえこちらに引き摺《ず》り込《こ》むんです！　最初からオタクな人間なんていません！　初めは誰《だれ》しも、一般人！」

「なんか深いこと言われた気がする」

「そんな真冬の見立《みた》てでは、近い将来、必ず、必ず、日本総《そう》BL好き時代がやって来るはずです！」

「そんな東方の島国は、いやすぎるっ！」

「まさしく黄金郷《おうごんきょう》」

「俺だったら上陸を拒否《きょひ》する」

「むぅ。今言ったように、真冬はなにも、ガッチリそっちの道に堕《お》ちてしまって下さいと言っているわけではないのですよ。ただ、匂わせるぐらいのことは、先輩にやってほしいだけです」

「ぐ……そう言われても……」

「あとは、真冬達が、加速させますから！」

「それがいやなんだよっ！」

「先輩が行為《こうい》にまで及《およ》ばなくても、その辺は、真冬が同人誌《どうじんし》でカバーしますから！」

「勝手にカバーしないでくれる!?」

「先輩と中目黒先輩が、二人で合宿に行ったという、その事実だけで、どんぶり三杯《ばい》はいけちゃいますよ！」

「少食な真冬ちゃんが!?　その力は確かに凄《すご》い！」

「そうだっ！　こうなったら、流行に乗るんじゃなくて、流行を作ってしまいましょう！」

「流行を、作る？」

「はいっ！」

真冬ちゃんは、満面の笑みで、何の他意もなく告げる。

「生徒会が流行を作るんです！」

「っ」

俺はなんの気なしに弄《もてあそ》んでいたシャープペンを、机上《きじょう》にからんと落としてしまった。

「？　先輩？」

「や、なんでもないよ。……ちょっと……まずいかな……この流れ……変に目つけられても……取引《とりひき》が成り立たなく……」

「？？　あ、性急すぎましたか？　やっぱり、先輩と中目黒先輩の仲は、もうちょっとゆっくりと育《はぐく》むべき――」

「それはそれで勘弁《かんべん》してくれ」

俺は一息ついて……話を、逸《そ》らすことにした。

「会長はどう思います？　ＢＬ流行《はや》ると思います？」

俺の質問に、会長は微妙《びみよう》な表情を浮《う》かべていた。

「うーん、私はあんまり……」

その発言に、真冬ちゃんがまた可愛《かわい》らしくペシペシと机を叩《たた》く。

「会長さん！　食わず嫌《ぎら》いは駄目《だめ》ですよ！」

「食わず嫌いっていうか、口に入れちゃいけないものって、あると思う！」

「ひ、酷《ひど》い言い種《ぐさ》です！　謝《あやま》って下さい！　ＢＬ作家さんに、謝って下さい！」

「う……そ、そうね。それは言いすぎだったけど……その人達だって、無理に、嫌《きら》いな人にまで食べさせようとは思ってないんじゃないかな……」

「それはそうですけどっ！　BLはカレーだと思います！　一度口に入りさえすれば、万人《ばんにん》に親しまれるポテンシャルを秘《ひ》めていると思います！」

「そ、そうかな……。私は、ドリアンとかのイメージだけど……濃厚《のうこう》な」

「ど、ドリアンだって、匂《にお》いだけで敬遠しちゃうのは間違《まちが》いです！　今の会長さんは、まさにそれです！」

「……そうだけど。ドリアンが流行する世の中って、なんか、やだよ」

「うぅ……BL大流行への道は、険《けわ》しいです……」

真冬ちゃんがうな垂《だ》れてしまった。うん……エロゲという、あまり理解されない趣味《しゅみ》を持つ俺も、ちょっとシンパシーは感じるよ。頑張《がんば》れ、真冬ちゃん。……いや、やっぱり、あんまり頑張らないでくれ、真冬ちゃん。

俺は、代わりに会長に話を振《ふ》ってみる。

「なんだかんだと言ってますけど、会長自身は、どんなブームが来ると睨《にら》んでいるんですか？」

俺達と違って、特定のディープな趣味嗜好《しこう》は持たない会長だ。ある意味、一番一般的《いっぱんてき》な感性に近いと言えなくもない。

会長はぺったんこの胸の前で腕《うで》を組む。……真儀瑠《まぎる》先生や知弦さんと違《ちが》って、スムーズに腕が組めちゃう体型だな。可哀想《かわいそう》に。

「……杉崎は、未来のブームじゃなくて、どこ睨《にら》んでるのかなぁ」

「こほん」

視線《しせん》を逸《そ》らす。会長は一つ溜息《ためいき》をついた後、真剣《しんけん》に検討《けんとう》を始めた。

「アニマルブームが……来るかもっ！」

「動物は、ブーム云々《うんぬん》というより、常に人気でしょう」

「普段《ふだん》は立たない動物が立ったりするかもしれないじゃないっ！」

「二番煎《にばんせん》じ臭《しゅう》が凄《すご》いですが」

「ウナギとか」

「凄《すげ》ぇえええええええ！　背筋《せすじ》ピンとしたウナギ、見てぇえええええええええ！」

「神龍《シェンロン》とか」

「立つ云々以前に、見つかった時点で凄ぇ！」

「クララとか」

「クララはそういうジャンルに含《ふく》めないで下さい！　もうずっと前に立ってますしっ！」

「ガン○ムとか」

「それも、かなり昔《むかし》に大地に立っています。それ以前に、生物でさえない。野生のガ○ダムとか、見たことないでしょう」

「杉崎のキャラとか」

「まだ立ってないと⁉　俺を無個性《むこせい》だと⁉」

「とにかく、アニマルは可能性《かのうせい》を秘めているハズだよ〜。碧陽学園の至るところに現れる、例の、謎《なぞ》のぬこさんもブレイクだよ！」

「謎のぬこさんに関しては、俺も異様《いよう》な可能性を感じますが」

あれはなんなんだろう。皆ノートに落書きしてたりするが、誰も、その実体を知らないという、碧陽学園最大のミステリー。

「謎と言えば……ＵＭＡとか見つかるかもしれないしね」

「それは……アニマルブームと言えるのだろうか」

ちなみに、そういうの（超常《ちょうじょう》現象全般《ぜんぱん》）は俺の元カノが非常に詳《くわ》しかったりする。

「そうだっ！　生徒会がツチノコとか見つけたら、相乗効果で、本の売り上げもアップじゃないかなっ！」

「生徒会室で喋《しゃべ》ってる本編と関係ないですけど……」

「えと……じゃあ、次の巻のサブタイトルを変えよう！『桜野《さくらの》くりむ探検隊《たんけんたい》第一弾《だん》！アマゾンの奥地《おくち》に隠《かく》された禁断《きんだん》の秘境《ひきょう》に、生徒会が挑《いど》む！　謎の民族、活躍《かつやく》する美少女、

探検隊
桜野くりま

そして唯一《ゆいいつ》の男性隊員の死亡《しぼう》！　果たして桜野くりむは、ツチノコを捕獲《ほかく》することが出来るのか！』っていう感じで」

「どうして三年生の皆《みな》さんは、俺をそこまで殺したいんでしょう！」

知弦さんといい、どうも、生徒会の年上女性は俺をモノ扱《あつか》いしている気がする！

「あと、アニマルをテーマにしたゲームが流行《はや》るかもしれないよ？」

「それは、普通《ふつう》に『どうぶ○の森』じゃ……」

「あ、違う違う。DSのマイクに向かって、『京子《きようこ》ぉぉぉぉおお！』とか、『気合だー！』とか叫《さけ》ぶゲーム」

「そっちのアニマルが大流行!?」

「生徒会でも、私が叫んじゃうよ！　『杉崎ぃぃいい！　後ろぉぉぉおお！』って」

「なんで俺大ピンチ!?」

「アニマルと言えば……変な場所に可愛《かわい》い動物現れたら、ブーム起こるわね」

「ああ、タマちゃんとかですか？」

「そう。碧陽学園の校内に、うさぎさん大発生、とか」

「可愛いですけど、怖《こわ》っ！　なんで大発生!?」

「うさぎさんは、一匹《ぴき》見かけたら、物陰《ものかげ》に百匹潜《ひそ》んでいると思った方がいいよ」

「怖っ！　うさぎさん、怖っ！　俺、うさぎさんの認識《にんしき》間違ってた！」

「うさぎさんは、実は色んなところに居《い》るんだよ。巧妙《こうみょう》に隠れているけど。恐竜《きょうりゅう》が絶滅《ぜつめつ》した時も、うさぎさんだけは、一匹も欠けずに生き残ったとか」

「うさぎさん、うさぎさん、逞《たくま》しい！　俺、なんかすげー間違ってました！　うさぎさんは、寂《さび》しいと死んじゃう、繊細《せんさい》な生物だと思ってました！」

「あ、それは、兎《うさぎ》。うさぎさんとは、別種」

「別種!?　あれ!?　俺、なんか、根本的にうさぎさんを分かってない!?」

「うーん？　杉崎は、うさぎさんを、どんな動物だと思ってるの？」

「いや、耳が長くて、白くて、ニンジン好きで、もふもふしてて……」

「概《おお》ね間違ってないよ」

「で、ですよね」

「うん。あと、主にフランス語喋《しゃべ》るよ」

「!?」

あれ!?　俺、うさぎさん、やっぱり分かってない!?

助けを求めるように、知弦さんを見る。しかし彼女も、驚《おどろ》くべき証言をした。

「よく『どんぐりころころ』を口ずさんでいるわね」

「⁉」

あれれ⁉　知らないの、俺だけ⁉　深夏っ！　深夏なら、俺と同じ価値観のはず！

深夏に視線をやるも、しかし、彼女も、驚愕《きょうがく》の情報を口にする。

「すげー前転《ぜんてん》が得意で、よく道をころころ転《ころ》がっているよな」

「⁉」

そ、そんな……。最後の希望に縋《すが》るように、真冬ちゃんを見るも——

「あ、心の汚《きたな》い人には見えないらしいですよ、うさぎさん」

「そ……そうだったのか————————！」

ショックでがっくりとうな垂れる。そうか……俺が見えてないだけで、世の中には、そんな素敵《すてき》生物が生息していたんだな……。なんか横では会長達が「普通《ふつう》に騙《だま》されてるわ……ある意味純粋《じゅんすい》ね」となにやら俺に視線《しせん》を注《そそ》いでいたが、俺は、ショックが大きすぎて、そんなの気にしていられない。……うさぎさん……俺も見たい……。

会長が、こほんと咳払いして、仕切りなおす。

「なんか結局……何がブームになるのか、イマイチ特定出来ないね……」

はぁと溜息《ためいき》を吐《つ》く会長に、知弦さんが一言。

「そう簡単《かんたん》に世の中の流れを読めたら、誰《だれ》も苦労しないわよ、アカちゃん」

真冬ちゃんも、それに同意。

「そうですね。何が流行《はや》るか確実に分かったら、それだけで大きな利益発生しちゃいます。皆《みんな》、知りたいけど、なかなか知れない、難《むずか》しいことです」

深夏が、とどめ。

「それに、たとえ流行が読めても、それに乗るのだって、よっぽど力が無いと難しいぜ。あたし達の提案《ていあん》みたいに、ごりごり方向転換《てんかん》しないといけねーし」

「うぅ……そっかぁ」

皆の言葉に、会長は、とっても残念そうにしていた。

…………。

仕方ない。俺は、会長にフォローを入れる。

「会長」

「んー……。なーに、杉崎」

「会長は、もっとゴーイングマイウェイでいいんじゃないですか？」

「え？」

きょとんとする会長に、俺は微笑《ほほえ》む。皆も、俺の言わんとしていることを理解しているらしく、皆、笑顔《えがお》で見守《みまも》ってくれていた。

俺は、自信を持って、告《つ》げる。

「周囲の流行なんて、気にしなくていいですよ、会長は。そんなことより、好きなことして、皆を巻《ま》き込《こ》むぐらいが、丁度《ちょうど》いい。そういう会長が、俺は、好きですよ」

「杉崎……」

会長は……徐々《じょじょ》にその目に生気を取り戻《もど》し。そうして、次の瞬間《しゅんかん》には、いつものように
「そうよねっ！」と元気よく立ち上がっていた。

「流行なんて、自分で作ってこそ、価値があるのよ！」

本日二度目の名言。だけど、これは、何かの本からの流用ではなくて、どうやら、会長発信の言葉のようだった。

「ん、流れを読むとか、そういう小賢《こざか》しいのは、私のガラじゃなかった！」

「というか、生徒会のガラじゃないですよね」

「うん！　というわけで……決定！」

会長は、大きく胸を張って……いつも根拠《こんきょ》の無い自信だけど、なぜか、周囲の人間を安心させる自信を体に漲《みなぎ》らせ、宣言《せんげん》した！

「私達は、自分で自分に追い風を起こして、そうやって、前に進んでいくよー！」

それは……実に会長らしい言葉だ。椎名姉妹と、知弦さんが、俺と同様に、柔《やわ》らかく

……とても柔らかく、微笑んでいた。

……そう。ちょっと不自然な程《ほど》に、本当に、柔らかく。何かから逃避《とうひ》するかのように、

柔らかく、柔らかく。

…………。

「今日は、これにて解散！　いやー、なんか爽快《そうかい》だねー、うん！」

上機嫌《じょうきげん》の会長を、俺達は、ニッコニコ見守《みまも》る。それはもうニッコニコ、ここ数ヶ月で一番の、作り笑顔《えがお》で。

なぜなら。

（結局、なに一つ得るものがなかった！）

そんな悲惨《ひさん》な今日の会議結果を、誰も、認めたくはなかったからである！

【隠蔽《いんぺい》されたエピローグ】

「杉崎《すぎさき》君。例の取引《とりひき》は成立だ。おめでとう」

「そりゃどうも」

放課後、他の役員が帰宅した後の生徒会室。

枯野恭一郎《かれのきょういちろう》は、俺《おれ》の勧《すす》めを無視《むし》し、座《すわ》りもせずカツカツと室内を歩いていた。光沢《こうたく》を放つブランドものの靴音《くつおと》、高級が故《ゆえ》に馴染《なじ》みがなさ過ぎて鼻につく香水《こうすい》、温《あたた》かさのカケラも感じさせないビジネススーツ。

ただでさえこういう気取ったエリート野郎《やろう》とそりが合わない俺は、憮然《ぶぜん》としながら「で」と話を進めた。

「取引成立というのなら、早速《さっそく》聞かせて貰《もら》おうか」

「というと？」

「とぼけるなよ。碧陽《へきよう》学園の状況《じょうきょう》について、《企業《きぎょう》》が摑《つか》んでいること全《すべ》て、だよ。例の取引の内容に含《ふく》まれたはずだ」

「……ふ」

枯野恭一郎……先日俺が会議に乱入していた際は進行役をしていた、今は俺にとって《企業》の窓口となっている男は、生徒会室の片隅《かたすみ》にあったマグカップを汚《きたな》いものでも触《さわ》るかのように弄《もてあそ》びながら、嘲《あざけ》るように笑った。

「賢《かしこ》い杉崎鍵《けん》君なら、もう全て把握《はあく》しているものと思っていたがね」

「ああ、《要点》は摑んでいるさ。でも、説明はして貰《もら》う。あんたらだって、俺が変に状況を誤認《ごにん》していたら、今となっては厄介《やっかい》なハズだ」

「ふ、キミは相変わらず根拠《こんきょ》もなく強気《つよき》だね。あの会議の時も――」

「御託《ごたく》はいい。さっさと始めろよ」

「目上の者に対する口の利《き》き方が、なってないな」

「そんなことないさ。《目上の者》に対する口の利き方ぐらい、俺だって心得ている。ここでは使う必要性を感じないけどな」

「…………」

枯野恭一郎は俺をジロリと睨《にら》みつける。……おお、怖《こわ》いね、エリートさんの無表情《むひょうじょう》は。不良に絡《から》まれるより、背筋《せすじ》にぞくりと来る。でも、だからこそ、こちらも物怖《ものお》じするわけにはいかない。

元々、俺には不利な……不利すぎる取引だ。強く出ないと、何も得られない。

彼《かれ》は「おっと」とわざとらしくマグカップを床《ゆか》に落とした。ガシャンと、俺の愛用していたカップが割れる。……他のメンバーの使っているものだったら、俺も、キレているところだった。危《あぶ》ない、危ない。わざと感情的にさせようとしていることぐらい、俺にだって、分かるさ。

「すまないね。今度、もっと高級なのをプレゼントするよ」

「ありがとうございます。でも、今のうちに謝《あやま》っておきます」

「なんだね？」

「それ、俺、多分一度も使わずに、手元が狂《くる》って、割っちゃいそうですよ」

その言葉に、枯野恭一郎はニヤリと顔を歪《ゆが》めた。……うわ、怖《こえ》ぇ。あれ、絶対本格的にキレ始めている奴《やつ》の反応《はんのう》だよ。

これ以上小競《こぜ》り合いをしていても仕方ない。事務的な話で感情を抑《おさ》えることにする。

「さっさと話を進めましょうよ。枯野さんだって、忙《いそが》しいんでしょう？」

ちょっと下手《したて》に出てみる。彼は、少し機嫌《きげん》を直したようだった。ようやく、俺の対面の席に腰《こし》を落ち着ける。いつもの知弦さんの席だが、彼女の椅子《いす》に座られるのは癪《しゃく》だったので、勿論《もちろん》事前に新しい椅子に取り替《か》えておいた。

「そう。私は、こんなところで子供と戯《たわむ》れているような時間など、なかったな」

「ですよねー」

「……まあいい。では、約束通り、説明しよう」

「分かりやすくお願いします」

「拒否《きょひ》する。話すべきことだけ話したら、後は知ったことではないよ。……私は教育現場に直接的な関《かか》わりを持たないが、現代の、低レベルな層に合わせる授業風景には嫌悪感《けんおかん》をおぼえる」

「……あ、そ」

今殴《なぐ》ったら、まずいよね？　流石《さすが》に、色々、まずいよね？……うん、深夏ならいってたな、これ。俺、大人《おとな》。

枯野恭一郎は、こほんと、これみよがしに咳払《せきばら》いする。

「一言で言って、碧陽学園は、《世界の中心》だということだ」

「…………」

「…………」

一瞬《いっしゅん》の沈黙《ちんもく》。なんでもない風に話を進めようとする彼に対し、俺は——

「会長、好きだぁあああああああああああああああああああああ！」

立ち上がって全力で叫《さけ》ぶ。

枯野恭一郎は、無反応《むはんのう》だった。

「で、具体的にだが……」

「うっわー。最低限のツッコミもしてくれねー」

ちなみに、世界の中心と聞かされたので、愛を叫んでみました。……多分、枯野にはネタが伝わってない。純愛小説とか、めっちゃ馬鹿《ばか》にしてそうだもん、こいつ。

その後、枯野恭一郎はこの学園の特殊性《とくしゅせい》、《企業》との関わりについて、本気でザックリ、最低限だけ説明してくれた。……全然サービス精神無かった。事前の調べで予備知識があったからまだ理解出来たが……。

俺は、状況《じょうきょう》を整理し、確認《かくにん》をとる。

「つまり、大まかに言えばこの学園は《流行発信基地》だってことで間違いないんだな」

「……《神の視聴率調査区域《しちょうりつ》》や、《FFS》と説明したハズだが」

「だから、流行発信基地だろ？　この学園での流行が、世界で流行《はや》るんだから」

「ことはそう単純《たんじゅん》じゃない。文化が違うことによる流行の変移《へんい》や、このシステムを作ったであろう《神》たる者との兼《か》ね合いなどがだな――」

「神っつうか、《見てる者》でしょ？　神って、大袈裟《おおげさ》すぎ。ごりごり山作るわけじゃあるまいし。学園の流行を見て世界に伝えたりする……言うなれば《皆《みんな》の友達《ともだち》》？」

「……もういい」

枯野恭一郎は諦《あきら》めたように嘆息《たんそく》した。どうやら、もっと壮大《そうだい》な言い方をして欲しいらしい。確かに《企業》がやっていることを考えれば、分からないじゃないが……。

「よし、じゃあ、このシステムを《マリア様っぽい存在《そんざい》が見てる》と名付けよ――」

「で、その《流行発信基地》だが」

話が淡々《たんたん》と進行していた。……ノッて来ないなぁ。枯野恭一郎。…………。……よく、俺や生徒会への対策《たいさく》を心得てやがる。

「もう一度注意しておく。キミは口が軽そうだからな」

「酷《ひど》いなぁ。尻《しり》よりは重いですよ、多分」

「戯言《たわごと》はいい」

キッパリと言い放ち、枯野恭一郎は、こちらのペースに一切《いっさい》乗らないまま、告げる。

「多くの生徒に《真相》がバレるようなことがあれば、このシステムは破綻《はたん》する。神が、我々《われわれ》の不正介入《かいにゅう》に気付いてしまうからね。調査区域を変更《へんこう》されてしまう。だからもし、キミから情報《じょうほう》が漏《も》れるようなことがあれば――」

「あれば？」

俺は目を細める。

枯野恭一郎は、淡々《たんたん》と、宣告《せんこく》した。


「理事長から、体育館《たいいくかん》でお友達に関する悲しいお知らせがあるだろう」


微笑《びしょう》を浮《う》かべる枯野恭一郎。

背筋を冷たいものが通り抜《ぬ》けていった。

「……今のこの日本で、子供相手に、脅迫《きょうはく》ですか」

手の震《ふる》えを隠《かく》して、あくまで、平静を装《よそお》う。……俺だけの問題なら、何も怖《こわ》くはない。

だが、こいつらは……必要とあらば、平気で、俺の大切なものも奪《うば》い去る。

真に怖いのは、ビジネスの観点で人を見るヤツらだ。

「今の日本で、子供相手に脅迫……そしてそれ以上のことを行っても、我々はなにも咎《とが》められない。そういうことだな」

「法や倫理《りんり》に反した行動が、誰にも咎められないとは思えませんね」

「法や倫理を作る側だからな、我々は」

「たかが一企業が、ですか」

「企業だからこそ、だよ。利益のみを追い求める組織だからこそ、我々は、何にも縛《しば》られない。キミだって、その年で、まさかまだ愛や勇気、友情や絆《きずな》が最も強いと信じているわけではないだろう？」

「……………」

反論したって、状況《じょうきょう》は何も変わらない。俺はひっそりと息を吐《は》いた。……そもそも、法や倫理とぶつかりさえしないのだろう、こいつらは。俺が消されようがどうしようが、《企業》なんてものの存在は、表面には絶対出てこない。

そんな相手だからこそ。

俺も、あんな取引を持ちかけるしか、なかったわけだしな。

枯野恭一郎は、あくまで仕事の話をするように、なんの感情も含《ふく》ませず、注意という名の脅迫を続けた。

「桜野《さくらの》くりむ、紅葉《あかば》知弦《ちづる》、椎名《しいな》深夏《みなつ》、椎名真冬《まふゆ》。……あとは、そうだな。杉崎林檎《すぎさきりんご》、松原《まつばら》飛鳥《あすか》あたりか。キミのハーレム、だったかな。彼女らが幸福であることを望むなら、馬鹿《ばか》な行動はしないことだ」

パラパラと何かの資料《しりょう》をめくる枯野恭一郎。覗《のぞ》き見ると、そこには、家族や親戚《しんせき》の名前やら、クラスメイト達、過去の友人、更《さら》には夏休みにちょっとだけ関《かか》わった人達の名前まであった。……根こそぎだ。俺の暮《く》らしてきた世界の、全《すべ》てだ。

「…………」

「逆に言えば、システムが守られている限りは、我々もキミには手を出さない」

「出せない、の間違いでしょう」

「……ふ、小賢《こざか》しい男だな。その通りだ。システムが破綻《はたん》していない時点で下手《へた》にここの生徒……キミに物騒《ぶっそう》な干渉《かんしょう》をすれば、色々と面倒《めんどう》なことになる。企業が不利益を被《こうむ》る可能性、大だ」

「良くも悪くも、利益優先、ですか」

「そうだ」

下手な「悪」なんかより、よっぽど厄介《やっかい》な思想だ。分かりやすくはあるが……だからこそ、容赦《ようしゃ》ない。情の入り込《こ》む余地が、一切ない。……不得意だなぁ、こういうの。

枯野恭一郎は、仕事のノルマはこなしたとばかりに、席を立つ。

「とはいえ、例の取引は成立した。下手なことをしなければ、我々も、わざわざ無駄《むだ》な労力を使って手を汚《よご》すようなマネもしない」

「取引成立……ね。本当に、約束《やくそく》は、守ってくれるんでしょうね？」

ここが、正念場《しょうねんば》だ。俺は彼の目をジッと見つめる。

彼は……無表情を崩《くず》し、まるで天使のように微笑《ほほえ》んだ。


「善処《ぜんしょ》するよ」


その表情で、全《すべ》てが、決《けっ》した。もう、迷《まよ》う余地は、無い。俺のとるべき行動は……もう、一つしかない。

枯野恭一郎は、生徒会室のドアを開け、部屋《へや》から出る。そうして、そのままドアを後ろ手に閉《し》めながら……吐き捨てるように呟《つぶや》いた。

「では、退学《たいがく》手続き、早めにお願いするよ、杉崎鍵君」

その言葉に……俺は、拳《こぶし》を握《にぎ》り締《し》める。ドアが閉まって数秒してから……ようやく、乾《かわ》いた喉《のど》を通して、声を絞《しぼ》り出した。

「分かってるよ……ちくしょうめ」

俺に残された時間は、もう、あまり無い。

私立碧陽学園生徒会
Hekiyoh School student council

あとがき

あとがき十一ページですって。……もう、生徒会の一存《いちぞん》シリーズは「あとがきが長いシリーズ」という認識《にんしき》でいいと思います。

私なんか基本、読者としての立場なら「あとがき」は好きな方なんですけどね。物語が終わって、「はい、終わり」よりは、作者の言葉があってくれると、物語から現実へ帰る架《か》け橋《はし》になってくれるというか。

しかしそれにしたって、毎度十一ページもあったら、「対岸、遠《とお》っ！」という感じになる気がします。……まあ、それが生徒会の一存シリーズということで。

ぐちぐち文句を言っていてもしゃーないので、とりあえず、あとがき。

四巻です。四散《しさん》です。シリーズ始めた当初は「一巻で終わっても仕方ないかな。雑談してるだけだし」くらいに思っていたのですが、なかなかどうして、続いてくれています。これも偏《ひとえ》に読者様の応援《おうえん》のおかげです。や、社交辞令《じれい》とか抜《ぬ》きで、本気で。

さて、内容の話をすると。

ギャグに関しては毎回のこととして。四散は、シリーズ的には起承転結《きしょうてんけつ》の転、です。三振《さんしん》と合わせて。とりあえず、本巻で今まで謎ばかりだった『企業《きぎょう》』に関するあれこれは、大体明かされたんじゃないでしょうか。分かりにくい作りではありますが。

なんか規模の大きい話で「らしくない」気はするでしょうが、次巻……企業編クライマックスを最後まで読んで貰《もら》えると、本当に全部スッキリするかと。

というわけで、五巻であり、企業編最終話も収録《しゅうろく》された第一部クライマックス「生徒会の五彩《ごさい》」は、四月発売予定でございます。とはいえ、三振や四散と同じように、メインはやっぱりアホ話ですので、ご安心を。むしろ今までで一番アホと言ってもいいぐらいです。

あと、「第一部」と言ってるのでご推察《すいさつ》の通り、企業の話はクライマックスを迎《むか》えますが、生徒会の一存シリーズはまだ続きます。一冊で一ヶ月単位で話が進んでいることを考えると……最終的になにを目標として書いているのかも、推《お》し量《はか》れるんじゃないでしょうか。そんなわけで、企業編後の物語にも付き合って貰えると幸いです。

……ふむ。一番あとがきのメインとなりそうな、「内容の話題」が、一ページで終わってしまいました。予想外。残りのページ、どうしましょうね。

では、生徒会に関する近況《きんきよう》報告でも。

まず、この巻の帯(2008年1月の発売時点のもの)や、同日発売のドラマガで大々的に告知されていることですが……。

TVアニメ化決定です。


大事なことなので、改行しました。というか、自慢《じまん》したいので、強調しました。

とはいえ、まだちょっと詳《くわ》しくは何も言えない段階です。ちょこちょこ動いてはいるものの、ちゃんと色々ご報告出来るのは、それこそ桜舞《ま》い散る頃になってくるかと。続報を、お待ちください。

……続報がなかったら、「ああ……企画、駄目《だめ》になったんだな。そりゃそうだよな。あの内容だもんな」と、作者を罵《ののし》ってやって下さい。そして、憐《あわ》れんでやって下さい。

しかし……漫画《まんが》化もそうですが、この内容でメディアミックスをしようとなさる人々の勇気には驚《おどろ》かされます。無茶《むちゃ》しやがって……。

さて、『このラノ』の話。自慢しとけと言われているので、自慢しておきます。……なんか自慢ばかりです。いやらしい作者ですね。

えと、宝島社さんが出版されている『このライトノベルがすごい！　２００９』で、総合で七位、新作で一位に選んで頂《いただ》きました。投票して下さった読者様、ありがとうございました。正直、こういうランキングに入るとは思ってなかったので、びっくりすると同時に、凄《すご》く嬉《うれ》しかったです。

この件《けん》にしましても、前述しましたように、本当に、読者さんに支えられまくっているシリーズだなと痛感《つうかん》するばかりです。ありがとうございました。

他《ほか》の報告としては……ううん、いつものことと言えばそれまでですが、ドラマガの方でも隔月《かくげつ》で生徒会の一存シリーズを書かせて頂いております。基本的にこちらは短編集収録になるような話ですので、二年B組の話や、ちょっといつもと違う生徒会の話など、変《かわ》り種《だね》でやらせて貰っています。

というわけで、本編の合間《あいま》に、是非《ぜひ》こちらもチェックしてみて下さい。本編とはまた違ったハチャメチャな話ですので。

そして、10mo《トモ》さんの描《か》く漫画版の生徒会の一存の話ですが。実は、現在連載《れんさい》しているドラゴンエイジピュアから、ドラゴンエイジの方へと、移籍《いせき》いたします。
ただこれが、ちょっと複雑《ふくざつ》でして。ドラゴンエイジで始まるのが二月九日発売の号から
なのですが、ドラゴンエイジピュアで終わるのが、二月二十日発売の号ということで。
つまり、ドラゴンエイジピュアでの最終回より、ドラゴンエイジでの初回の方が少しだ
け先に来るという……ちょっと、入り組んだ状況となっております。漫画版を追っかけて
下さっている方は、ご注意を。
とはいえ、基本的に生徒会は「あの話読んでないから、分からない」ということが殆《ほとん》ど
無い話です。今回の漫画版の内容に関しましても、基本それ一話で完結した物語ですので、
あまり気負《きお》わずに追っかけて下さると幸いです。
しかし……これはつまり、二月には10moさんが二本も漫画を描き下ろしているという
こと。か、体は大丈夫なんでしょうか、10moさん。心配です。
そしてそしてなんと、春頃には、生徒会の一存コミック版の第一巻が発売予定でござい
ます！　パチパチパチパチ！　連載時から読んで下さっていた方も、また、雑誌の方では
読めてなかった方も、是非是非お手にとってご覧《らん》下さい！　10moさんの描く小説版とは
また違った生徒会ワールドを、ご堪能《たんのう》あれ！
……しかし、コミックスかぁ。漫画化の時点で充分《じゅうぶん》嬉しかったですが、「コミックスが

出る」というのは、また違った感慨《かんがい》があります。10moさんには感謝してもしたりませんね。私も、コミックスの完成を楽しみに待ちたいと思います！

ふむ。……終わりました。生徒会の一存シリーズ関連の話、ネタが尽《つ》きました。それでも今回は結構ネタが多かった方なのですが、全然埋《う》まらないとは。どうしましょう。

私の近況《きんきょう》。衣類の話。

実はこのあとがきを書いているのが十一月なのですが、最近だんだん寒くなって参りました。こういう時期が、なにげに一番寒さで困らされます。完全に冬になれば、こっちもそれなりに防寒装備（コートとか）を着ますが、中途半端《ちゅうとはんぱ》な時期だと、下手《へた》に厚着すると逆に暑くてやってられなくなったり、脱《ぬ》いでも荷物になったりと……とても面倒《めんどう》です。「コート脱がないと暑いけど、脱ぐと、下はセーターだけだから、逆に寒い！」みたいな状況の鬱陶《うっとう》しさといったら、もう。

不精《ぶしょう》な私としては、「暑い時は涼しく、寒いときは暖かいパーフェクト衣類誕生。人類は全員これ着用。絶対遵守《じゅんしゅ》」みたいな風になってくれれば、いいなぁと思います。

そういう意味では、学校の制服とか、当時はうざったかったですが、考えてみれば、変に私服に悩《なや》まないで良かったため、あれはあれでアリだったのかもと考える次第《しだい》です。

食べ物の話。

冬になり、鍋《なべ》の季節になりました。これがあるから、私は冬が好きです。一人暮らしの味方、一人鍋！　たっぷり作れば三食賄《まかな》え、ローコストで、手軽で、美味《うま》く、野菜もとれて栄養的にも完璧《かんぺき》！　人類の救世主！　鍋！　一人鍋！

……うん、ただ唯一《ゆいいつ》の弱点は、一人でやっているという状況が虚《むな》しいことですが。

作家の強い味方、一人鍋。でも、あまりに美味《おい》しいので、執筆中も、ちょっと腹が減《へ》ると鍋の前まで行って、直接箸《はし》で一口つまんで、「冷《さ》めてもうめー。味濃《こ》くてうめー」とにんまりしてしまうという……仕事妨害機能《ぼうがいきのう》まで備える、諸刃《もろは》の剣《つるぎ》ではありますが。

そして、冬はなんと言っても、みかん！　これまた、安くて、手軽で、美味くて、でもビタミンが摂《と》れる、一人暮らしの……というか、日本人の味方！　冬の女神《めがみ》！

食べ物置いておくとすぐ悪くなったり、食欲が減退《げんたい》してしまうほど暑い夏と違い、冬は、ホント、一人暮らしに優《やさ》しい季節です。北海道出身だからというわけでもないかもしれませんが、やっぱり私は暑いより寒いほうが好きです。

しかし……こんな過ごしやすい冬だからこそ、布団《ふとん》から出たくなくなるわ、暖房かけると頭がボーっとするわで、執筆に身が入らないのも事実！　これは困った！……うん。

「春は春で暖かくてボーっとすると言うし、夏は夏で暑くて仕事する気にならんって言うし、秋は秋で、冬に備える買い物やらで忙しくて執筆どころじゃないとか言うくせに」

というツッコミはうけつけません。……よく考えると、私、いつ執筆しているんでしょう。謎です。万全《ばんぜん》な状態で執筆していることなんて、もしかしたら、ないんじゃないでしょうか。


趣味《しゅみ》の話。

ブログなどを読んでいる方はご承知だと思うのですが、私は、ゲームが好きです。オタクなんで漫画やアニメやらというのも一応一通り鑑賞《かんしょう》はしていますが、なにはともあれ、一番の趣味がゲームです。これは、小学生の頃からずっとでして。

北海道出身という話を前述しましたが。それに関し、「大自然に囲まれて暮らしているなら、外で遊ぶ方が好きになるんじゃない？」と聞かれることも多いのです。しかし、それは逆だと思うのですよ。

少なくとも私の場合は、周りは田んぼだらけで何も無い地域だったため、逆に「外に出てもすることない」ので、家の中で遊ぶこと多かったというか。もちろん、それでも小学生の頃はおにごっことか、缶蹴《かんけ》りとかしましたけど、中学、高校生ともなると、もう、やることは室内……ほぼゲーム一択《いったく》になってしまうわけで。

また、田舎のため見れるテレビ局が少なかったりとかで、アニメや漫画もそれほど供給《きょうきゅう》されず。結果、延々《えんえん》と長時間遊べるゲームにハマッたという経緯《けいい》もありまして。

そんなわけで、未《いま》だに……特に冬はすっかりゲームばかり遊んでいます。年末商戦等で、冬はゲーム業界も活発ですしね。そんなわけで、余計に堕落《だらく》していくという……。


結論。冬は魔物《まもの》だらけ。……でも好き。大好き。


うん、なんの話だ。これ。私の駄目人間ぶりを晒《さら》しただけじゃないですか。

ま、まあ一応フォローしておくと、さすがに趣味や怠惰《たいだ》で執筆の締め切りをぶっちぎったりする勇気はないので、ご安心を。生徒会は、ちゃんと、定期的に出しますから。というか、結局執筆が好きなんで、やるなと言われても、書きますからね。

というわけで、最後に、謝辞《しゃじ》を。

本巻では遂《つい》に表紙を飾《かざ》れた真冬《まふゆ》を、これでもかというほど可愛《かわい》く描いて下さった狗神煌《いぬがみきら》様。いつもいつもありがとうございます。文庫として出来上がった際の毎回の一番の楽しみは、挿絵《さしえ》を見させて頂くことだったりします。今後とも、よろしくお願い致《いた》します。

更に、漫画版を担当して下さっている10mo様。毎回、原作側《がわ》がこんなんですいません（笑）。「また漫画にしづらい話を書きやがった、あの野郎《やろう》！」と、どうぞ罵ってやって下さい。ただ、今後も変わらずこんな感じだと思います。先に謝《あやま》っておきます。ごめんなさい。漫画版、いつも楽しみにさせて貰っています。

そして、毎度の如《ごと》く一緒《いっしょ》にアホな物語を通して下さる担当さん。いつもすっごい好き勝手やらせて貰っちゃってますが、たまに、「この人、全然私にブレーキかけないけど、大丈夫なのだろうか」と余計な心配をしております。

駄目なものは、駄目と言ってやって下さい。じゃないと、私、なんかスルスルッとヤバイ領域に足を踏《ふ》み入れてしまいそうです。このシリーズは、魔物です。

そして誰より、もう既《すで》に四冊（番外編一冊）も付き合って下さっている読者様。何度も書きましたが、本当に感謝しております。こんなノリでよければ、第一部クライマックスである五巻「生徒会の五彩」もお付き合い下さい。お願いします。

それでは、また次巻で。

……次は、もう、流石《さすが》に勘弁《かんべん》して下さい、あとがき十一ページ。

葵　せきな

富士見ファンタジア文庫

生徒会《せいとかい》の四散《しさん》

碧陽学園生徒会議事録4

平成21年1月25日　初版発行

著者――葵《あおい》せきな

発行者――山下直久

発行所――富士見書房

〒102-8144

東京都千代田区富士見1-12-14

http://www.fujimishobo.co.jp

電話　営業　03(3238)8702

　　　編集　03(3238)8585

印刷所――暁印刷

製本所――BBC

ISBN978-4-8291-3366-8 C0193